www.tredition.de

AF185069

Über die Autorin:

Karina Von Beers lebt mit ihrer Familie in Hamburg und arbeitet hauptberuflich als Psychotherapeutin und Coach in eigener Praxis.

Sie liebt das Reisen und hat schon fast alle Kontinente besucht. Gerne taucht sie in fremde Kulturen ein und lässt sich davon inspirieren.

Seit einigen Jahren geht sie konzentriert ihrem Hobby, der Schreiberei, nach.

KARINA VON BEERS

***

MARIES TRAUM

www.tredition.de

© 2019 Karina Von Beers

Verlag und Druck: tredition GmbH, Halenreie 40-44, 22359 Hamburg

ISBN
Paperback: 978-3-7497-1748-4
Hardcover: 978-3-7497-1749-1
e-Book: 978-3-7497-1750-7

Inhaltsverzeichnis

Marie

Marie rannte nervös in die Küche und öffnete hastig den Backofen. Sofort schoss ihr ein Schwall heißer Luft entgegen. Ihr ohnehin schon verschwitztes Gesicht begann noch heftiger zu glühen und verärgert spürte sie, wie ihr sorgsam aufgelegtes Make-up sich immer mehr zersetzte und genau diese unansehnliche fleckige Röte hinterließ, von der sie wusste, dass diese vermutlich über Stunden ihren Teint hartnäckig dominieren würde.

„Dieser Vogel wird niemals knusprig braun", murmelte Marie vor sich hin und ließ sich resigniert auf den einzigen Stuhl in ihrer kleinen Küche fallen, um schon gleich darauf wieder ins Wohnzimmer zu eilen und nachzusehen, ob auf dem festlich gedeckten Tisch auch wirklich nichts fehlte.
Natürlich war die bis ins letzte Detail abgestimmte Dekoration bei Jannas Adventsessen im letzten Jahr überwältigend gewesen und kaum zu übertreffen, doch dafür würde ihr altes, auf Hochglanz poliertes Silber dem gesamten Arrangement aus elfenbeinfarbenem Geschirr, passenden Stoffservietten, edlen Kerzen und kleinen Weihnachtskugeln noch einen zusätzlichen Glanz verleihen.

Normalerweise liefen die Dinge bei Marie wie von selbst. Durchorganisiert wie sie war, ließ sie sich selten aus der Ruhe bringen, aber heute überfiel sie immer wieder das unbehagliche Gefühl, ausgehöhlt und erschöpft zu sein und die einfachsten Dinge nicht so hinzubekommen, wie sie es eigentlich von sich kennt. *Einfach nur ein paar Minuten ausruhen*, wünschte sie sich, aber stattdessen trieb sie sich immer weiter an und hastete ununterbrochen vom Wohnzimmer zur Küche und wieder zurück. Jedes Mal mit dem Gedanken, doch noch einen allerletzten prüfenden Blick auf den gedeckten Esstisch zu werfen, bevor Janna, Dorothee, Charlotte und Claire lautstark hereinstürmen und alles begutachten würden.

Erneut auf dem Weg zum Wohnzimmer blieb Marie plötzlich zögernd in ihrem kleinen Flur stehen. Ein unangenehmes Gefühl in den Beinen, so, als ob diese jeden Augenblick einknicken wollten, irritierte sie. Kurzatmig schaute sie sich unschlüssig um und fragte sich mit einem Mal erstaunt, warum sie für ein kleines Festessen überhaupt diesen Aufwand betrieb und ständig wie eine aufgezogene Marionette durch die Wohnung lief. Der kleine Flur erschien ihr jetzt noch enger und dabei entdeckte sie zu ihrem Ärger, dass auch noch die Garderobe restlos von ihren Sachen belegt war, sodass es keinen Platz mehr für die der Gäste gab. Den Gedanken, auch noch hier schnell Ordnung zu schaffen, verwarf sie sofort wieder. Gleichgültig winkte sie mit einer kurzen Handbewegung ab und bewegte sich, jetzt einen Gang langsamer, zum Wohnzimmer.

Dort bewegte sich etwas. Mit einem Mal war sie hellwach und blieb ruckartig an der Tür stehen, so, als sei sie unvermittelt gegen eine unsichtbare Wand gelaufen. Ihr stockte der Atem und sie riss ungläubig die Augen auf. Auch ein mehrfaches Blinzeln änderte nichts daran, dass an der Stirnseite des Tisches, dort, wo nicht eingedeckt war und eigentlich auch niemand sitzen sollte, doch tatsächlich jemand saß.

Du bist nur gestresst, hol einfach tief Luft, es ist alles gut, kreiste es in ihrem Kopf, dabei fixierte ihr Blick wie gebannt die Stirnseite, in der Hoffnung, diese kleine Halluzination möge ganz schnell wieder verschwinden.

„HALLO, entschuldige, dass ich dich erschreckt habe."

Nein, bloß nicht noch seltsame Stimmen hören. Kleine Schweißperlen bildeten sich auf Maries Stirn. Haltsuchend lehnte sie sich gegen den Türrahmen, während ihr Blick nicht von der Stirnseite wich.

Oder ist es etwa eine nicht voraussehbare böse Überraschung wie damals bei Claires Festessen?

Nein, einfach nur Stress, einfach nur eine winzig kleine

akustische Täuschung, beruhigte sie sich sofort wieder.

Ist ja auch nicht verwunderlich, seit Monaten Überstunden im Job, täglich Hochleistung ohne Aussicht auf Veränderung, da können auch schon mal kleine hirngesteuerte Täuschungen auftreten, versuchte sie sich selbst zu überzeugen und dabei fiel ihr ein Artikel ein, den sie erst neulich gelesen hatte und der über ähnliche Symptome bei langanhaltendem Stress berichtete.

„Ich habe mich vertan. Eigentlich sollte ich ganz woanders sein. Jetzt möchte ich mich hier nur ein wenig ausruhen", Marie durchzuckte es erneut. Wieder diese seltsame leise, melodische Stimme.

„Komm, setz dich einen Augenblick zu mir, du siehst auch müde aus, wir sollten uns beide eine kleine Pause gönnen."

Was passiert hier nur, überlegte Marie noch, als sie verunsichert hinunter auf ihre Füße schaute und bemerkte, wie sich diese langsam wie von selbst bewegten und mit jedem Schritt, dem sie sich vorsichtig Richtung Stimme näherte, lichtete sich vor ihren Augen der verschwommene Schleier, bis sie eine kleine schlanke Gestalt hockend auf dem Stuhl sah und die sie aufmunternd anlächelte.

„Mach dir bloß keine Sorgen, ich bin lediglich ein Engel."

Ein Engel, wie albern, nun dreh bloß nicht völlig durch,

versuchte Marie gegen die unwirkliche Situation an-
zukämpfen. Verwirrt ließ sie sich vorsichtig auf einen Stuhl nieder. *Jetzt bleib ich einfach ein paar Minuten sitzen,* entschied sie sich und war überrascht, mit
einem Mal eine langsam aufsteigende wohlige
Wärme in ihrem Körper zu spüren und gleichzeitig
jene tiefe innere Gelassenheit, wie sie sie seit Monaten nicht mehr erlebt hatte.

Marie genoss das wohltuende Gefühl und hoffte,
wenn sie jetzt einfach nur die Augen geschlossen
hielt, würde sicherlich auch diese merkwürdige Er-
scheinung ganz schnell wieder verschwinden.

War da nicht eben wieder dieses leise melodische
Hallo? Wie elektrisiert richtete sich Marie kerzengerade auf, öffnete vorsichtig ein wenig die Augen
und sackte sofort wieder hilflos stöhnend in sich zusammen, als sie weiterhin nur das lächelnde Gesicht
dieser Gestalt sah, die von sich behauptete, sie sei
ein Engel.

„Wieso tauchst du hier einfach so in meiner Wohnung auf und was willst du eigentlich von mir?"

„Alles ein Versehen, ich sollte ganz woanders sein,
aber wenn ich schon einmal hier bin, dann lass uns
doch gemeinsam einen Augenblick ausruhen und
dazu gemütlich ein kleines Gläschen trinken."

*Jetzt führe ich auch schon Selbstgespräche und mache ko-
mische Dinge,* durchzuckte es Marie erneut und
blickte dabei erschrocken und verschämt auf zwei

gefüllte Likörgläser, die sie vor sich auf dem Tisch entdeckte.

„Und was machst du, wenn du woanders bist?", wagte sie nach den ersten Schrecksekunden zögerlich nachzufragen.

„Nichts, ich höre einfach nur zu."

Es klingelte. Marie sprang auf.

„Sie sind schon da, es ist doch noch längst nicht alles vorbereitet und dann noch dieser Engel, wie peinlich", murmelte sie verwirrt vor sich hin und ließ ihre durcheinander schwatzenden Freundinnen herein.

Zur Begrüßung gab es ein Glas Champagner. Alles stand perfekt bereit, die gekühlte Flasche geöffnet, die Gläser gefüllt auf dem Silbertablett und das Knabbergebäck in kleinen Schalen auf den Beistelltischen.

Ihre Freundinnen unterhielten sich lebhaft und bewunderten den festlich geschmückten Tisch. Marie schaute sich vorsichtig um und war froh, dass plötzlich alles wieder ganz normal erschien. Zwischendurch blickte sie immer wieder verstohlen zur Stirnseite, aber die Gestalt hatte sich Gott sei Dank aufgelöst und blieb hoffentlich auch endgültig verschwunden. Allerdings fragte sich Marie, wieso die kalte Vorspeise bereits angerichtet auf dem Tisch

stand und das warme Brot aufgeschnitten im Brot-
korb lag, obwohl sie sich überhaupt nicht daran erinnern konnte, dieses irgendwann getan zu haben.

Ihre Freundinnen befanden sich in ausgelassener
Stimmung, lachten und erzählten viel, während Marie hastig in die Küche verschwand, froh darüber,
dass die Vorspeise schon einmal hervorragend gelungen war.
Und wieder traute sie ihren Augen nicht. Die Ente
knusprig braun auf der Fleischplatte angerichtet, die
Beilagen dampfend in den Schüsseln, der passende
Wein bereit zum Ausschenken.
*Dieser Engel, dieser Likör trinkende Engel, ist wohl tat-
sächlich hier gewesen und hat wie ein Wunder alles rechtzeitig vorbereitet oder war ich am Ende selbst der gute
Engel,* fragte sich Marie verunsichert und ihr Blick
wanderte suchend durch die Küche, aber sie konnte
nichts Außergewöhnliches entdecken, nicht einmal
einen kleinen Schatten oder ein winzig helles Licht.
Doch kein lächelnder Engel, stellte sie erleichtert und
auch gleichzeitig ein wenig enttäuscht fest, es sah alles so aus wie immer.

Endlich konnte Marie sich entspannt zurücklehnen.
Die Stimmung war hervorragend. Ihre Freundinnen
begeisterten sich über das Essen und naschten dabei
noch ein wenig von der üppigen Käseplatte.
„Wie schnell doch die Zeit vergeht", meinte

Dorothee und grinste dabei in die Runde, „jetzt ist es schon das fünfte Jahr, dass wir uns in der Vorweihnachtszeit treffen und nächstes Jahr, Claire, fängt es wieder mit dir von vorne an."

„Aber hoffentlich ohne böse Überraschung", witzelten die anderen und erinnerten sich lachend, wie sie sich in einem mehrwöchigen Theaterworkshop kennengelernt hatten
und für den Abschlussabend die gemeinsame Aufgabe gestellt bekamen, eine Szene „vorweihnachtliches Festessen mit böser Überraschung" vorzuspielen.

Claire hatte die ehrgeizige Idee gehabt, vorher bei ihr zu einem Festessen zusammenzutreffen und sich gemeinsam eine böse Überraschung auszudenken, damit die Szene bei der Aufführung dann auch möglichst überzeugend gespielt werden konnte. Außerdem hatte sie bald ihren dreißigsten Geburtstag und wollte schon einmal vorweg ihre Kochkünste ausprobieren.

„Zuerst hatten wir ewig lange über eine geeignete böse Überraschung beraten, aber jede Idee wurde sofort wieder verworfen", erinnerte Claire und amüsierte sich erneut über die angewiderten Gesichter ihrer Freundinnen, als sie noch einmal detailliert beschrieb, wie alle darauf bestanden, sie müssten erst einmal etwas essen, danach würde ihnen bestimmt etwas Brauchbares einfallen. Mit Heißhunger hatten sie sich dann lautstark über den lecker angerichteten Fisch hergemacht, bis es mit einem Mal ganz still wurde und jede nur noch damit beschäftigt war, vorsichtig auf ihrem Teller herumzustochern. Neben dem weißen Fischfleisch kamen immer mehr merkwürdig dunkle Teile zum Vorschein.

Claire hatte vergessen, den Fisch auszunehmen. Nach Minuten des Schweigens folgte aufgebrachtes Gekreische, bis plötzlich Charlotte lauthals lachend Claire in den Arm nahm und nur noch glucksend herausbrachte: „Hey, Mädels, Claire hat uns die perfekte böse Überraschung serviert."

Später, eingekuschelt auf dem Sofa, bei bestellter Pizza, Rotwein und einem witzigen Weihnachtsfilm wurde in ausgelassener Stimmung feierlich der Mädels-Freundschaftspakt beschlossen, der besagte, dass man sich in Zukunft jedes Jahr einmal um die Zeit reihum zu einem Festessen treffen wolle.

Alle, bis auf Janna, die in sich versunken auf ihrem Stuhl saß, amüsierten sich weiterhin über den ersten Abend bei Claire und bestätigten sich noch einmal gegenseitig, wie wichtig doch ihr damals beschlossener Mädels-Freundschaftspakt gewesen sei und dass bislang, egal wo jede gerade war, noch keine das jährliche Treffen versäumt habe.

„Du Marie, die große Kerze in der Mitte, woher hast du sie? Sie ist außergewöhnlich. Ihr Licht wirkt so sehr warm und strahlend."
Von Janna kannte man, dass sie gelegentlich für kurze Augenblicke vor sich hinträumte und jetzt schaute sie nach ihrer Frage reglos in das Kerzenlicht, während Marie noch angestrengt überlegte, woher die Kerze überhaupt kam und wie sie dort in die Mitte des Tisches gelangt war.
„Janna, was ist mit dir, du bist so ruhig geworden", wollte Dorothee wissen.
„Ach nichts, mir fiel nur plötzlich etwas von ganz früher ein, als ich noch ein kleines Mädchen war."
Neugierig blickten die Freundinnen auf Janna und in dem Moment fing sie auch schon an zu erzählen.

Jannas Puppe

Ich weiß gar nicht, wie alt ich war, auf alle Fälle konnte ich schon etwas schreiben.

Und ich glaubte noch an den Weihnachtsmann. Natürlich nicht wirklich. Ich wusste ganz genau, es gibt keinen Weihnachtsmann, aber irgendwie existierte er doch noch in meinem Inneren. Ein gütiger Weihnachtsmann ohne Rute, der über kleine Unartigkeiten hinwegsah und an Kindern gerne großzügig Geschenke verteilte.

In der Vorweihnachtszeit freute ich mich stets über die gemütliche Stimmung zu Hause, vor allem, wenn in den späten Nachmittagsstunden die Kerzen angezündet wurden und Mama uns mit heißer Schokolade und leckeren Keksen versorgte. Mit uns meine ich Papa, meine fünf Jahre ältere Schwester Leonie und unseren Kater Caesar, der auf mein Drängen hin auch ein ganz kleines Schälchen Milch bekam, obwohl Mama immer wieder betonte, dass Milch für Katzen ungesund sei.

Ein wirklich besonderes Ereignis während dieser Zeit war jedoch immer das Backen der ersten Weihnachtskekse. Mama sprach stets grinsend von der Weihnachtsbäckerei und stöhnte schon bei der Vorstellung, wenn das Chaos in der Küche immer mehr zunahm, bis schließlich eine weiße Mehlschicht alles bedeckte und wir Kinder mit klebrigen Händen auch an den letzten sauberen Schranktüren unsere Fingerabdrücke hinterließen.

Ich liebte die Weihnachtsbäckerei und am Samstag vor dem ersten Advent war es wieder so weit. Nur, dass Leonies Freundin Susanne dieses Mal dabei sein durfte, fand ich ziemlich doof.

Ständig waren die beiden am Kichern, tauschten vielsagende Blicke aus und zeigten mir zu meinem Ärger, wie weit ich noch davon entfernt war, die wirklich wichtigen Dinge des Lebens zu verstehen. Gerade als ich für mich beschlossen hatte, dieses alberne Getue zu ignorieren und konzentriert dabei war, fein säuberlich Formen aus dem Teig zu stechen, hörte ich meine Schwester zu ihrer Freundin sagen: „Stell dir vor, Janna glaubt doch tatsächlich noch an den Weihnachtsmann." Das blöde laute anhaltende Kichern von Susanne versetzte mir einen gehörigen Stich und blieb schrill in meinem Ohr hängen. Ich spürte, wie mir eine leichte Röte ins Gesicht schoss und zu allem Übel bemerkte ich verschämt, dass schon unzählige perfekt ausgestochene Weihnachtsmänner vor mir lagen.

Sofort knetete ich die geformten Weihnachtsmänner wortlos wieder zu einem Teig zusammen und ließ daraus besonders emsig nur noch Engel, Glocken und Tannenbäume entstehen.

Abends im Bett konnte ich mich gar nicht so richtig über die vielen leckeren bunten Kekse freuen. Immerzu musste ich an den Weihnachtsmann denken und stellte mir diesen fleißigen Mann vor, wie er in seinem roten Mantel und mit dem weißen Rauschebart dafür sorgte, dass alle Menschen, die an ihn glaubten, zu Weihnachten schöne Geschenke bekamen. Nein, mein Weihnachtsmann durfte nicht einfach verschwinden, nur weil so alberne Zicken wie meine Schwester und ihre Freundin sich über ihn so unverschämt amüsierten und sich über mich lustig machten.

Es gibt ihn, kreiste es in meinem Kopf und nur dieser verständnisvolle Mann sollte es sein, von dem ich am Heiligen Abend meine Geschenke bekommen wollte.

Kurz vor dem Einschlafen kam Mama immer noch zum Gutenachtgebet und manchmal, wenn ich besondere Wünsche oder Sorgen hatte, hielt ich es für sinnvoll, anschließend ganz für mich allein ein paar Extragebete dranzuhängen. Dieses brauchte oft viel Zeit und war außerdem sehr ermüdend, doch ich wollte sicher sein, dass der liebe Gott auch wirklich alles begriff, worum es mir ging. Bei besonders schwierigen Problemen hielt ich es für ratsam, auch noch Jesus Christus mit einzubeziehen, überzeugt davon, er sei der zusätzlich perfekte Ratgeber und die richtige Unterstützung zur Lösung meiner aussichtslosen Situation.

An diesem Abend fiel mein Extragebet sehr kurz aus. Der liebe Gott möge doch bitte dafür sorgen, dass es einen Weihnachtsmann gibt. Punkt.

Jetzt werde ich wunderbar einschlafen können, dachte ich und sofort kam mir der Gedanke, doppelt hält besser. Dieser Wunsch war viel zu wichtig als ihn lediglich mit einem Extragebet zu unterstützen. Also stand ich auf, nahm ein Blatt Papier und schrieb in großen krakeligen Buchstaben:

Lieber Gott, bitte mach, dass es einen Weihnachtsmann gibt. Dafür werde ich auch jede Woche einmal mein Zimmer ordentlich aufräumen.

Schnell versteckte ich mein Doppel-hält-besser-Blatt zwischen den Schulbüchern, sodass meine fiese Schwester es nicht gleich entdecken würde, falls sie mal wieder morgens unerwartet in mein Zimmer stürmen sollte.

Am nächsten Morgen stand ich mit dem Gefühl auf, alles Notwendige getan zu haben. Meine Welt war wieder in Ordnung und selbst das hämische Grinsen meiner Schwester Leonie würde mir nichts antun können.

Montag in der Schule ging es dann, wie immer nach dem Wochenende vor der ersten Unterrichtsstunde, ziemlich turbulent zu. Ein unübersichtliches Durcheinander und jeder glaubte, wer am lautesten schreit, werde auch wirklich gehört.

Ich knallte übermütig mein Deutschbuch auf den Tisch und in dem Moment rutschte ein Blatt heraus. *Mein Doppelt-hält-besser-Blatt*, schoss es mir durch den Kopf, während ein leichter Windzug aus dem Fenster es gemächlich im Zeitlupentempo direkt vor Hannas Füße platzierte.

Nein, bitte nicht Hanna, die laute Hanna, die immer tonangebend sein wollte, die immer bewundert werden wollte und bei der die Wahl ihrer Freunde auch dementsprechend ausfiel. Gerne hätte ich in dem Moment zum erlauchten Kreis gehört, mir fiel jedoch nur entsetzt ein, dass ich mich zu allem Überfluss erst letzte Woche in der Gruppenarbeit geweigert hatte, sie abschreiben zu lassen und ich mir bei ihren ungeschickten Versuchen ein hämisches Grinsen nicht verkneifen konnte.

Hanna nahm das Blatt und als ob jeder es ahnte, gleich Zeuge von etwas sehr Peinlichem zu werden, wurde es mucksmäuschenstill. Mein kläglicher Versuch, ihr das Blatt zu entreißen, erhöhte nur noch die Spannung. Hanna war nicht besonders gut im Lesen, unendlich lange starrte sie auf das Geschriebene, plötzlich funkelten ihre Augen, ihre Mundwinkel verzogen sich zu einem spöttischen Grinsen und ihre laute Stimme traf mich wie Peitschenhiebe:

„Liiiee ber Goot, bit te maa ch, dass es ei nen Weihhh nachts-maan gibt."

Schallendes Gelächter von überall. Etwas durchzuckte mich wie ein Ungetüm, dass sich sekundenschnell durch meinen Bauch fraß und mich erstarren ließ. Ein Rauschen von ganz fern drang in Wellen an meine Ohren und gleichzeitig spürte ich, wie eine Feuerfontäne durch meinen Körper raste und mir tiefe Schamesröte ins Gesicht trieb.

Hilflosigkeit und Verzweiflung packten mich und gerade in dem Moment, in dem die Welt zu versinken drohte, erfasste mich eine unbändige Wut. Ich gab Hanna eine schallende Ohrfeige, entriss ihr das Blatt, nahm meinen Ranzen und rannte nach Hause.

Ich wusste gar nicht, wie lange ich schon in meinem Zimmer war, nur dass Mama irgendwann hereinkam und völlig überrascht fragte, was denn los sei. Daraufhin vergrub ich mich noch etwas tiefer in mein Bett, klagte wehleidig über Bauchweh und hielt dabei das Blatt so krampfhaft in meiner rechten Hand versteckt, dass meine Fingerknöchel gefährlich weiß anliefen.

Mama verschwand wieder ganz schnell, vermutlich ahnte sie, dass ich ihren Beistand nicht wollte. Nur kein Mitleid, womöglich noch ein unangenehmes Gespräch mit der Klassenlehrerin mit dem Ziel, alle müssen fair zueinander sein. Nein, ich wollte die Sache mit Hanna ganz schnell vergessen und die Sache mit dem Weihnachtsmann wollte ich noch sehr viel schneller vergessen.

Begraben sollte er werden, mein Weihnachtsmann. Eine kleine flache Zigarrenbox, noch aus der Zeit meines Großvaters, war der richtige Sarg dafür. Fein säuberlich glättete ich mein Doppelt-hält-besser-Blatt und bettete es feierlich mit kleinen Tannennadeln verziert in die Box. Und plötzlich schoss es mir durch den Kopf: *Vielleicht, aber nur vielleicht, wenn es nun doch, trotz aller Zweifel, einen Weihnachtsmann geben sollte, würden dann nicht auch meine geheimsten Wünsche zu ihm gelangen und von ihm erfüllt werden?* Also vertraute ich meinem Weihnachtsmann meinen geheimsten Wunsch an. Anouschka, eine Puppe mit langen schwarzen Zöpfen, blauen Augen, gekleidet in einer weißen Bluse mit einem karierten Trägerrock, weißen Söckchen und schwarzen Lackschuhen. Kein Mensch wusste davon, nur dieser Sarg enthielt jetzt noch dieses weitere Blatt mit detaillierten Angaben zu Anouschka und wenn es tatsächlich einen Weihnachtsmann geben sollte, so würde er mir diesen Wunsch erfüllen.

Später schlich ich heimlich in unseren Garten, suchte mir ein kleines Versteck unter einem Busch und begrub dort meine Box samt Inhalt. Danach fühlte ich mich so sehr erleichtert, dass ich glaubte, ich müsse meine kleine Beerdigung jetzt auch gebührend feiern. Ich bat Mama, mir ein Stück Butterkuchen vom Bäcker mitzubringen. Auf der Beerdigung der Oma meiner Freundin hatte ich nämlich erfahren, dass diese Art von Kuchen zum angemessenen Leichenschmaus zählte und nun wollte auch ich, feierlich bei Kerzenlicht, in meinem Zimmer ein großes Stück davon verdrücken.

Weihnachten stand vor der Tür. Meine Wünsche fielen dieses Jahr bescheiden aus. Lediglich ein paar neue Schlittschuhe, etwas zum Anziehen und ein Buch von Astrid Lindgren. Die kleinen gemeinen Anspielungen meiner Schwester Leonie, ob ich denn immer noch an der absurden Idee des Weihnachtsmanns hänge, störten mich nicht mehr. Der Weihnachtsmann war für mich begraben und selbst Leonie musste zu ihrem Bedauern erkennen, dass sie mich mit diesem Thema nicht mehr länger ärgern konnte.

Heilig Abend war für mich immer der schönste Tag im Jahr. Auch in diesem Jahr fieberte ich diesen Stunden entgegen. Eine Glocke war für uns Kinder das Zeichen, dass wir das Wohnzimmer betreten durften. Ich war aufgeregt, wenngleich weitaus weniger als in den Jahren davor.

Immer noch im Innersten verunsichert von den vergangenen Ereignissen betrat ich leise und vorsichtig

das weihnachtlich dekorierte Wohnzimmer.
Und dann sah ich sie, meine Anouschka, lange schwarze Zöpfe, blaue Augen, weiße Bluse, karierter Trägerrock, weiße Söckchen, schwarze Lackschuhe. Genauso thronte sie unter dem leuchtenden Weihnachtsbaum. Und plötzlich war ich wie verzaubert.
Anouschka lag in meinem Arm, sie war meine Prinzessin, und niemand auf der ganzen Welt konnte in dem Moment meinen Zauber erschüttern.
Strahlend schaute ich Mama, Papa und Leonie an und innerlich formten sich die Worte,
„Und es gibt ihn doch, meinen Weihnachtsmann."

Nur das Knistern der Kerze war zu hören, während die vier Freundinnen regungslos am Tisch saßen und fragend auf Janna blickten. Nach einem tiefen Atemzug begann sie langsam weiterzuerzählen.

„Vor drei Jahren verstarb meine Mutter. Beim Sortieren ihrer Sachen entdeckte ich tief im Schrank versteckt eine kleine Zigarrenschachtel. Ich konnte es nicht glauben, es war die kleine Box, die ich vor vielen Jahren im Garten vergraben hatte. Mein Herz klopfte mir bis zum Hals. Ich erinnere mich noch genau, wie ich mit feuchten Händen ganz vorsichtig den Deckel anhob und sofort auf einer Karte, die gleich obenauf lag, die Schrift meiner Mutter erkannte. Sie benutzte stets ihren Füller, wenn sie etwas Besonderes schreiben wollte. Sie meinte immer, ihre Schrift sei dann runder und würde dem Geschriebenen mehr Nachdruck verleihen.
Neugierig hielt ich das Kärtchen in der Hand und gleichzeitig war ich mir nicht sicher, ob ich überhaupt wissen wollte, was darauf geschrieben stand. Zögerlich begann ich dann doch zu lesen und plötzlich war ich wieder das kleine Mädchen auf dem Schoß meiner Mama."

Mein Liebling, verzeihe mir, dass ich dein Geheimnis wieder ausgegraben habe. Du warst so unglücklich an jenem Tag und als ich dich mit Schaufel und der kleinen Box im Garten sah, ahnte ich, etwas sollte viel zu früh begraben werden.

Ich sehe noch heute deine strahlenden Augen, als du am Heilig Abend plötzlich Anouschka unter dem Weihnachtsbaum entdecktest. Anouschka war deine Prinzessin. Stundenlang konntest du mit ihr spielen. Sie war dein Kind, das umsorgt, liebkost und manchmal auch getadelt wurde. Gleichzeitig war sie auch deine Zuhörerin, wenn sie mit dir zusammen in der Kuschelecke unter dem Hochbett lag und du ihr deine Geheimnisse anvertrautest. Die Frage nach dem Weihnachtsmann tauchte nie wieder auf. Es gab ja Anouschka und auch als du schon erwachsen warst, lebte stets das kleine Mädchen in dir, das Träume und Fantasien hatte und hin und wieder an Dinge glaubte, die nicht erklärbar waren.

Fantasien und Träume sind unser Lebenselixier, sie sind es, die uns immer wieder ein wenig verzaubern, uns innerlich beleben und uns auch in Momenten der Verzweiflung vor dem Versinken schützen.

Mein Liebling, es wird immer eine Prinzessin in deinem Herzen geben, und wenn einmal Leere und Verzweiflung drohen, dich zu überwältigen, wird sie für dich da sein, dir die Tür zu deinen Träumen und Fantasien öffnen und dir neue spannende Wege zeigen.

Ich habe dich lieb, deine Mama

Janna lächelte verlegen und schaute in nachdenkliche Gesichter.

„Was ist denn aus deiner Puppe Anouschka geworden?", wollte Claire wissen.

„Gibt es sie überhaupt noch?"

„Ja, natürlich, nach Jahren der Verbannung im Keller, bekam sie, nachdem ich das von meiner Mutter gelesen hatte, einen neuen Ehrenplatz. Nun thront Anouschka auf dem Regal in meinem Schlafzimmer direkt gegenüber meinem Bett und seitdem sie dort sitzt, spielt sie wieder die Prinzessinnenrolle.

Sie hat für mich irgendwie etwas Magisches angenommen. Ab und zu taucht sie unvermittelt in kurzen Tagträumen auf und lenkt mich für einige Minuten ab. Oft weiß ich dann gar nicht, wo ich gerade stehen geblieben war. Aber dann gibt es auch Momente, in denen sie mir wirklich zu helfen scheint. Oftmals sind es schwierige Situationen, in denen ich mich verstricke und bei denen mir der Ausweg versperrt bleibt.

Für einen kurzen Augenblick habe ich dann das Gefühl, wie früher ihre Stimme zu hören, so als ob sie mich vor meinen eigenen Dämonen beschützen wolle und mir die notwendige Weitsicht gibt, Schwierigkeiten, denen ich oft tagelang nachhänge, ohne viel Aufhebens aus dem Weg zu räumen.

Es mag komisch klingen, aber ich glaube sogar, sie besucht mich auch in meinen Träumen, denn am nächsten Tag erscheint mir oft alles sehr viel einfacher und vorher unüberwindbare Probleme lösen sich plötzlich wie von selbst auf."

Dorothee trank einen Schluck von ihrem Rotwein, lehnte sich tief in ihrem Stuhl zurück und strich über ihr glattes braunes Haar.

„Meint ihr nicht auch, dass jede von uns eine Geschichte in sich trägt?", fragte sie kaum hörbar mit ihrer etwas rauen Stimme und schaute dabei in das Kerzenlicht.

„Ich denke da an etwas, von dem ich glaubte, es sei längst abgeschlossen und plötzlich schießt es aus der Tiefe hervor und beschäftigt mich, als ob es gerade erst gestern gewesen sei."

„Mach du doch weiter, Dorothee, erzähl uns deine Geschichte", forderten die anderen sie auf.

Dorothee räusperte sich mehrfach und fing langsam an zu erzählen, während Marie noch für ein paar Sekunden ihre Augen geschlossen hielt und dabei schmunzelnd an den merkwürdigen Engel denken musste, dessen Hauptjob das Zuhören war.

Dorothees gute Tat

Wir nannten uns die Abenteuer-Kids. Reini, Thomas, sein jüngerer Bruder Georg, Gerda und ich trafen uns regelmäßig nachmittags gleich nach den Schularbeiten. Wir gehörten zu den Kindern, die noch über viel Zeit verfügten, an langen warmen Sommertagen Langeweile kannten und nur selten mit festen Terminen über sämtliche Wochentage verplant waren. Nur das Turnen am Mittwochnachmittag, genau die Zeit, in der wir normalerweise Abenteuer spielen wollten, war für mich zur lästigen Pflicht geworden. Diese zwei Stunden waren mir verhasst. Jedes Mal versuchte ich eine Ausrede zu finden, aber keiner nahm mich ernst, wenn ich erklärte, dass ich nicht an irgendwelchen Geräten hängen und schon gar nicht auf den Matten eine klägliche Kür einüben wollte. Nach dem Turnen kam ich meistens schlecht gelaunt nach Hause, manchmal täuschte ich auch kleine Verletzungen vor und hoffte, zumindest bei meiner übervorsichtigen Mutter damit punkten zu können. Aber sie schaute mich nur prüfend an, anschließend warf sie diesen ganz besonderen Nun-sag-doch-etwas-Blick meinem Vater zu, der daraufhin übereifrig betonte, dieser Sport sei gut für mich und würde meine Muskulatur stärken und außerdem, wurde fast immer noch schmallippig hinzugefügt, sei ja auch schon der gesamte Jahresbeitrag bezahlt.

In unserem 5000-Seelen-Ferienort gab es außer das Turnen natürlich noch weitere Angebote an sportlichen Aktivitäten, die mir durchaus spannend und verlockend erschienen. Nur meine Eltern hielten von vornherein überhaupt nichts davon und demzufolge wagte ich es auch gar nicht erst, großartig darum zu diskutieren. Golfen war zu elitär, Tennis zu teuer und Reiten passte einfach nicht.

So verbrachte ich, außer mittwochs, meine freien Nachmittage hauptsächlich damit, mit meinen Freunden Abenteuer zu spielen. Spannend waren vor allem unsere wilden Streifzüge durch das dicht bewachsene Schilf am See. Dabei übten die Gebiete mit dem Hinweis - Betreten Verboten - einen ganz besonderen Reiz aus. Jeder etwas anders aussehende Halm, jeder neu entdeckte Trampelpfad galten als Zeichen eines verborgenen Schatzes, der nur von uns entdeckt werden durfte. Schon allein der Gedanke, dass meine Mutter mir strikt verboten hatte, im Schilf am See, in irgendwelchen Sandgruben oder auf fremden Grundstücken zu spielen, löste noch ein zusätzliches Kribbeln im Bauch aus und ließ die Schatzsuche noch spannender werden. Eine besondere Herausforderung waren auch immer wieder die direkt am See liegenden Privatgrundstücke, auf denen, oft zwischen Büschen verborgen, kleine Wochenendhäuser standen, die unter der Woche so gut wie nie bewohnt waren.

In unserer Fantasie stellten wir uns diese Grundstücke als prachtvolle Gärten mit geheimnisvollen Plätzen vor, an denen schreckliche Rituale stattfanden, von denen keiner etwas erfahren durfte.

Selbst der kitschigste Gartenzwerg hatte eine Bedeutung und konnte der Schlüssel zur Lösung geheimer Machenschaften sein. Manchmal wurden von uns kleine Zeichen gelegt, die unsere Theorie bestärken sollten, dass hier regelmäßig ganz schreckliche Dinge passierten.

Wir konnten uns immer wieder neu begeistern, wenn es darum ging, abenteuerliche Streifzüge zu unternehmen, aufregende Verschwörungstheorien zu entwickeln und gemeinsam Geheimnisse zu lüften. Manchmal, nach einem aufregenden Streifzug, durchgeschwitzt und stolz darauf, nur noch wenige Schritte vor der Entdeckung eines riesigen Schatzes zu stehen, durften wir uns im Ausflugslokal meiner Eltern einen Platz im Kaffeegarten aussuchen und mein Vater spendierte gut gelaunt Erdbeerschnitten mit Saft. Das war dann das Highlight des Tages und unsere Bestätigung, richtig erfolgreiche Abenteuer-Kids zu sein.

Und dann kam der Tag, an dem alles anders wurde.

Reini, der Älteste in unserer Runde, legte stets großen Wert auf Pünktlichkeit und ließ keine Entschuldigung für Verspätung gelten, umso überraschter waren wir, als er, der doch unser Bestimmer war, tatsächlich eine viertel Stunde zu spät zu unserem Treffen eintraf. Außer Atem, das Gesicht mit hektisch roten Flecken übersät, stand er aufgeregt vor uns und kündigte mit sich überschlagender Stimme laut an, dass wir jetzt ein richtiges Clubhaus hätten und uns in Zukunft als Verein dort treffen würden.

Wir saßen eng zusammengerückt auf dem Boden eines alten, ausgeräumten verrosteten VW-Busses, der ohne Reifen abseits auf dem Werkstattgelände von Reinis Vater stand und jetzt offiziell als Clubhaus der Abenteuer-Kids diente.

Reini, als selbst ernannter Chef, beanspruchte für sich einen grünen abgewetzten Sessel und wir durften auf dem Boden um ihn herumsitzen. Von nun an bestand er auch darauf, nur noch Reinhard genannt zu werden und wenn einmal aus Versehen ein Reini herausrutschte, wurden gleich Sonderaufgaben wie Putzen und Müll entsorgen verteilt.

Unsere Zusammenkünfte reduzierten sich von nun an auf träges Herumsitzen. Vorbei war es mit Abenteuerstreifzügen und aufgeregten Diskussionen über verborgene Schätze. Dafür verdrückten wir jetzt Unmengen an Chips und tranken Cola direkt aus der Literflasche.

Seit einiger Zeit war es uns nicht entgangen, dass dem eh schon dicklichen Georg die Jeans immer enger wurden und genau in dem Augenblick, als er beim Sitzen mal wieder verschämt den obersten Knopf seiner Hose öffnete, sprang Reinhard mit hochrotem Gesicht auf, starrte in die Runde und zischte mit gefährlich leiser Stimme:
„Einfach ekelig, fett und träge seid ihr geworden. Schluss damit!"
Laut gebieterisch fuhr er fort: „Wir sind ab jetzt der Club der guten Taten und einmal wöchentlich hat jeder von euch mindestens eine gute Tat zu leisten."
„Was sind denn gute Taten", wollte Gerda wissen und setzte dabei ihren absichtlich typisch dümmlichen Gesichtsausdruck auf, woraufhin sie von Reinhard einen gereizten Blick erntete und er ihr nur barsch zu verstehen gab, sie solle gefälligst ihren Kopf zum Nachdenken einsetzen und nicht nur Chips essen.
„Und was, Reinhard, ist eigentlich mit dir?", hakte Thomas mit hochgezogenen Augenbrauen nach.
„Was soll schon sein, ich bin euer Chef, koordiniere alles und trage die volle Verantwortung und außerdem spendiere ich die meisten Chips."

Seit einer Woche war ich nun ernsthaft bemüht, gute

Taten zu vollbringen. Ich hasste es, an fremden Haustüren zu klingeln und meine verzweifelten Bemühungen endeten in der Regel auch mit misstrauischen Blicken, wenn ich den Menschen stotternd meine Hilfe anbot. Einmal durfte ich für eine Frau Leergut zum nächsten Laden bringen und das Pfandgeld behalten. Besonders peinlich traf es mich, als eine ältere Dame mir mitleidig etwas Geld zusteckte und augenzwinkernd meinte, das würde auch für ein größeres Eis reichen.

Es war kalt und regnerisch, ziemlich mutlos wollte ich meinen letzten Versuch starten, doch noch eine wirklich gute Tat zu vollbringen. Ich klingelte stets dort, wo ich sicher war, dass mich auch bloß keiner kannte. Meine Eltern sollten auf keinen Fall etwas von meiner merkwürdigen Hilfsaktion mitbekommen.

Ein kleines Haus mit einem verwilderten Vorgarten sollte mein letztes Ziel für heute sein. Nach mehrfachem Klingeln, ich wollte mich schon gerade erleichtert davonschleichen, öffnete sich überraschenderweise doch noch die Haustür und eine junge Frau mit bronzefarbener Haut und langem schwarzem Haar stand fragend vor mir. Nie zuvor hatte ich eine so schöne Frau mit so ebenmäßigem Teint gesehen und in dem Moment konnte ich nicht anders, als sie einfach nur minutenlang anzustarren, bis mir endlich wieder mein Sprüchlein von der guten Tat einfiel, woraufhin sie mich dann endlos lange verständnislos anschaute. Gerade schon wollte ich mich mit einer höflichen Entschuldigung abwenden, als sie plötzlich sagte: „Warte!" Sie verschwand und kam kurz darauf wieder zurück.

„Hier, nimm es und behalte es", dabei legte sie mir blitzschnell etwas in die Hand. Ihre folgenden Worte hörte ich schon nicht mehr, in dem Moment sah ich nur noch etwas Goldenes zwischen meinen ziemlich schmutzigen Fingern funkeln.

Es war eine Kette mit einem kleinen Anhänger und je länger ich sie betrachtete, desto schöner und wertvoller erschien sie mir.

„Aber das ist doch keine gute Tat, das ist doch ein Geschenk", stammelte ich und schaute fragend die fremdaussehende Frau an.

„Befrei mich von dieser Kette, das ist eine gute Tat", hörte ich sie nur sagen, bevor sich die Haustür schnell schloss und ich danach noch minutenlang verunsichert stehen blieb, in der Hoffnung, die Tür möge sich wieder öffnen und alles wäre nur ein Missverständnis.

Wir saßen in der Runde, Reinhard thronte wie immer auf seinem hässlichen Sessel und wir sollten nun nacheinander über unsere guten Taten Bericht erstatten. Gönnerhaft meinte er, für die beste Tat würde er eine extra Tüte Chips spendieren.

Thomas und Georg hatten einem rheumakranken Opa beim Umzug geholfen. Gerda hatte zweimal in der Woche bei einer älteren Frau vorbeigeschaut und ihr den Abwasch besorgt. Ich hörte nur mit hängendem Kopf zu und wunderte mich, wie einfach das doch bei den anderen geklappt hatte.

„Und du, Dorothee, was war deine gute Tat", wollten nun alle von mir wissen. Unruhig zappelte ich von einer Seite zur anderen, sah die stummen, aber fragenden Blicke und spürte, wie mir immer heißer wurde.

„Was ist denn nun, komm bloß nicht mit einer blöden Ausrede an!" forderte Reinhard mich mit scharfer Stimmer auf. Wortlos legte ich die Kette mitten in die Runde und nach einer kleinen Pause hörte ich mich mit piepsiger Stimme sagen:

„Das ist meine gute Tat."

„Ist das echtes Gold", wollte Gerda wissen und starrte mit offenem Mund auf die Kette. Danach folgte Schweigen.

„Ist das alles?", zischte Reinhard mich erneut an. Kurz war ich am Überlegen, noch das Geld vom Leergut und für das Eis in die Mitte zu legen, entschied mich aber augenblicklich dagegen, als mir blitzschnell klar wurde, wie deutlich sich doch meine guten Taten von denen meiner Freunde unterschieden und auf keinen Fall wollte ich den falschen Eindruck erwecken, dass ich mich für meine guten Taten bezahlen ließ.

„Dorothee, du bringst sofort die Kette wieder zurück! Klauen ist eine Straftat und keine gute Tat", hörte ich Reinhards schneidende Stimme, während die Anderen mich verlegen anstarrten.
„Aber ich habe sie nicht geklaut, eine Frau hatte sie mir einfach in die Hand gedrückt, ich sollte sie von dieser Kette befreien", versuchte ich mich zu erklären und merkte dabei selbst, wie unglaubwürdig sich meine sogenannte gute Tat anhörte. Hilflos schaute ich in misstrauische Gesichter und spürte, wie Tränen der Wut über mein Gesicht rannen.
„Du gehst jetzt und kommst nicht wieder zurück, bis du die Kette zurückgegeben hast", war das Letzte, was ich von Reinhard hörte, als ich von außen die Wagentür zuknallte und mir schwor, nie wieder zu den ohnehin langweilig gewordenen Zusammenkünften zu erscheinen.

Noch immer hielt ich die Kette fest umschlossen in meiner Hand und wagte nicht, sie mir genauer anzuschauen. Was sollte ich nur mit ihr anfangen? Meine Gedanken überschlugen sich. Sollte ich sie verstecken, vielleicht wie ein Schatz irgendwo im

Schilf vergraben, oder einfach der Frau wieder zurückbringen? Alles erschien mir wenig erstrebens-
wert, bis mir plötzlich wie ein Geistesblitz einfiel,
dass meine Mutter ja demnächst ihren Geburtstag
feiern wollte und ich noch kein passendes Geschenk
hatte. Augenblicklich verflogen meine trüben Gedanken und ich stellte mir beim Anblick dieser besonderen Kette bildhaft das überraschte Gesicht
meiner Mutter vor. So ein tolles Geschenk hatte sie
noch nie von mir bekommen. Sonst war es mein älterer Bruder, der es immer geschafft hatte, mit besonderen Geschenkideen hervorzustechen und mir
dann stets mit einem mitleidsvollen Blick zu verstehen gab, dass er mal wieder derjenige war, von dem
Mutter das originellste Geschenk bekommen hatte.
Dieses Mal sollte es ganz anders werden und ich
malte mir schon das verkniffene Gesicht von ihm
aus, wenn unsere Mutter voller Stolz und hocher-
freut die von mir geschenkte Kette anlegen würde.

So aufgeregt, wie an dem Geburtstag, war ich selten
in meinem Leben. Vergessen war das unfaire Verhalten meiner Freunde. Heute Abend, wenn alle
Gäste versammelt sein würden, wollte ich meiner
Mutter das schönste Geschenk überreichen.
Wie eine kleine Fee schwebte ich durch das Haus,
nichts konnte meine gute Laune verderben. Nichts

brachte mich aus der Fassung, selbst als mein Bruder zwischendurch die Augen verdrehte und mir damit andeuten wollte, dass meine Vorschläge bei den Vorbereitungen eher lästig als hilfreich waren.

Meine Mutter sah wunderschön aus. Sie trug genau das Kleid, das besonders gut zur Kette passen würde. Die Gäste standen alle um sie herum, mein Vater hielt eine kleine Rede und gleich danach wollte ich ihr mein Geschenk überreichen. Nervös hielt ich es hinter meinem Rücken versteckt und genau in dem Moment, als mein Bruder vor versammelter Mannschaft seine selbst angefertigte Fotokollage überreichen wollte, schoss ich nach vorne und drückte meiner Mutter mein sorgfältig in einer kleinen bunten Schachtel verpacktes Geschenk in die Hände. Vor Aufregung vergaß ich die Worte, die ich ihr sagen wollte, und sah sie nur völlig stumm mit offenem Mund und erhitztem Gesicht an.
„Oh, danke, mein Schatz, soll ich es jetzt gleich öffnen?" Ohne ein Wort herausbringen zu können, schaute ich sie nur nickend an und wartete gespannt auf ihren überraschten freudigen Gesichtsausdruck und wie sie mich dann stolz in den Arm nehmen würde und ich ein Danke für das schönste Geschenk ins Ohr gehaucht bekäme.

Funkelnd lag die Kette in den Händen meiner Mutter. Merkwürdig still wurde es, nicht ein einziges Rascheln war zu hören und plötzlich erschienen mir ihre rot lackierten Fingernägel, die ich sonst immer so bewundert hatte, überdimensional groß zu der kleinen filigranen Kette.

Ich hörte ein leises „Dankeschön" und sah, wie das sonst so offene Lachen meiner Mutter zu einem gequälten Lächeln gefror. Schnell verschwand die Kette wieder in der Schachtel und bekam einen unauffälligen Platz auf dem Geburtstagstisch.

Reglos blieb ich stehen, während mein Vater mich nur schmallippig anschaute und mein Bruder mir im Vorbeigehen ins Ohr zischte:

„Was hast du dir nur dabei gedacht, eine geklaute Kette zu verschenken, das weiß doch jeder hier, dass du dir nie im Leben so etwas von deinem Taschengeld leisten kannst."

Kurze ernste Blicke waren auf mich gerichtet, bis meine Mutter sich mit ihrem Geburtstagslächeln wieder den Gästen zuwandte und ich beschämt davonschlich.

Am liebsten hätte ich mich noch tiefer im Bett vergraben, als ich am nächsten Morgen ein leises Klopfen an meiner Tür hörte und meine Mutter hereinkam. Ihr Blick verhieß nichts Gutes. Sie schaute mich eine halbe Ewigkeit schweigend an und legte dann die Kette auf meinen Nachttisch.

„Diese Kette möchte ich nicht wiedersehen. Ich will auch gar nicht wissen, woher du sie hast, aber du bringst sie wieder zurück!", hörte ich sie genau mit der Stimme sagen, die keine Widerworte duldete. Mein kläglicher Versuch, mich zu erklären, scheiterte daran, dass sie einfach blitzschnell aus meinem Zimmer verschwand.

Ich saß im Bett und je mehr ich darüber nachdachte, wie gemein doch meine Freunde und meine Familie zu mir gewesen waren, allen voran meine undankbare Mutter, desto mehr musste ich weinen und gleichzeitig stellte ich mir vor, wie schrecklich meine Mutter leiden würde, wenn ich genauso schnell, wie sie eben mein Zimmer verlassen hatte, plötzlich tot wäre.

Immer wenn ich meine Nase kräftig geputzt hatte und mir vorstellte, nun endlich aufzustehen und ein Brötchen mit meiner Lieblingsleberwurst zu essen, funkelte mich erneut die Kette an und ich musste wieder heftig schluchzen. Mir war so, als ob es nie enden wollte, bis mir endlich der Gedanke kam, ich könne doch morgen gleich nach der Schule zum Haus dieser schönen Frau gehen und ihr die Kette zurückgeben und alles wäre gut.

Ist doch ganz einfach, dachte ich mir und als ich schließlich beschloss, nicht mehr zu weinen, hellte sich auch meine Stimmung allmählich wieder auf.

Gerade als ich dabei war, schnell meine Schulsachen zusammenzupacken, um vor dem Heimweg noch die Kette zurückzubringen, hörte ich Gerda meinen Namen rufen und sah, wie sie winkend auf mich zukam.

„Dorothee, hast du schon davon gehört", rief sie mir atemlos entgegen. Ihr rundes Gesicht glänzte und ihr dünnes Haar wirkte noch strähniger als sonst.

„In diesem Jahr soll in der großen Pausenhalle ein Weihnachtsflohmarkt stattfinden und die Schüler dürfen auch mitmachen. Wir könnten doch zusammen einen Stand aufstellen. Du, die Kreative und ich, die Praktische, wir wären ein richtig gutes Team. Los Dorothee, mach mit", bettelte Gerda, und während sie sich bei mir unterhakte und noch übereifrig hinzufügte, dass sie Reinhard schon seit längerem gemein und unausstehlich finde und mit ihm auch nichts mehr zu tun haben wolle, kam mir plötzlich eine Idee. Sofort stimmte ich ihr grinsend zu und war froh, dass ich meine gute Tat jetzt ja gar nicht mehr rückgängig machen musste.

Es gab kaum ein Kind, das nicht an unserem Stand stehen blieb und neugierig die vielen bunten Wundertüten bestaunte. Ich war tagelang mit Bastelarbeit beschäftigt gewesen und hatte mein ganzes künstlerisches Geschick in die Herstellung dieser Tüten gesteckt. Nun lagen sie dort in einem riesigen

Korb, bunt durcheinandergewürfelt mit weihnacht-
lichen Schleifen geschmückt und einem geheimnisvollen Inhalt, der größtenteils aus Süßigkeiten und
selbst gebackenen Keksen bestand. Gerda sprühte
vor Eifer, aufgeregt hüpfte sie um den Stand herum,
pries zwischendurch laut die besonderen Wundertüten an und schenkte jedem Kind, das eine davon
erwarb, ein strahlendes Lächeln.

Ich dagegen stand etwas abseits und beobachtete
konzentriert das Geschehen. Selbst Gerdas wildes
Wedeln mit dem ersten verdienten Geldschein änderte nichts an meinem angespannten Zustand.
Meine Aufmerksamkeit galt vor allem einer be-
stimmten Wundertüte. Sie war mit zwei zusätzlichen Schleifen versehen und in ihr befand sich, extra
noch sorgfältig in Seidenpapier eingewickelt, die
Kette mit dem kleinen Anhänger.

Jedes Mal, wenn aus dem Korb eine Tüte gezogen
wurde, hielt ich aufgeregt die Luft an, um dann wieder seufzend den Kopf hängen zu lassen, wenn es
erneut die Falsche war.

Auf keinen Fall wollte ich die Kette wieder mit nach
Hause nehmen. Ich musste sie unbedingt loswerden
und gerade als ich anfing, mir eine neue Strategie
auszudenken, sah ich aus dem Augenwinkel Jenny
aus der Parallelklasse zielstrebig auf uns zukom-
men. Auffällig waren ihre dicken, stramm nach hinten geflochtenen dunklen Zöpfe, um die ich sie

schon seit der ersten Klasse beneidet hatte. Manchmal konnte ich es nicht lassen, ihr an den Zöpfen zu ziehen, besonders dann, wenn meine Mutter morgens beim Frühstück mal wieder betont hatte, dass mein Haar für Zöpfe viel zu dünn sei und nichts anderes sinnvoll wäre als eine praktisch durchgestufte Kurzhaarfrisur.

Jenny hatte nur noch Geld für eine Tüte, aufmunternd schaute ich ihr zu, wie sie langsam mit den Händen die Tüten abtastete.

Du bist in der falschen Ecke, dachte ich entmutigt und dann schoss auf einmal ihre Hand in die Mitte des Korbes und zog rasend schnell die Tüte mit den zwei Schleifen heraus.

Es war kaum zu fassen, ausgerechnet Jenny mit den dicken Zöpfen schien mein Problem gelöst zu haben. Ich wollte wissen, wie sie auf die Kette reagieren würde und suchte mir einen Platz, von dem ich alles gut beobachten konnte. Jenny ließ sie an den Fingern langsam hin und her baumeln und ihr ratloser Blick verriet mir, dass sie nicht so richtig wusste, was sie mit der Kette anfangen sollte. Unruhig trat ich von einem Fuß auf den anderen und hatte schon Angst, sie würde sie zurückbringen oder in den nächsten Mülleimer werfen. Doch plötzlich hellte sich ihr Gesicht auf und die Kette verschwand blitzschnell in ihrer Jacke. Erleichtert schaute ich ihr nach und war mächtig stolz darauf, dass meine Idee mit der Wundertüte am Ende doch noch so gut funktioniert hatte.

Mittlerweile waren fast alle Tüten verkauft und ich malte mir genüsslich den Gewinn aus und sah mich schon am nächsten Tag eine neue CD kaufen, als mir augenblicklich der Atem stockte und ich vor Schreck einen ganz trockenen Mund bekam und schon befürchtete, ich würde kein einziges Wort herausbekommen. Jenny kam direkt auf mich zu. Ich versuchte ihrem Blick auszuweichen und möglichst schnell zu verschwinden. Doch dann vernahm ich schon ihre laute Stimme:
„Coole Wundertüten habt ihr", und als ich auch noch dieses ganz bestimmte Leuchten in ihren Augen sah, war ich mir sicher, Jenny hatte ebenfalls die Idee, jemandem mit einem besonderen Geschenk eine besondere Überraschung zu bereiten. Sofort war der Schreckensmoment wieder verflogen und ich konnte endlich aufatmen.

Unser Weihnachtsstand war ein voller Erfolg. Abends versprachen Gerda und ich uns gegenseitig mit großem Ehrenwort, den Club der guten Taten für immer aus unserem Leben zu streichen. Erleichtert schob ich mir den letzten Bissen meines Riesenhamburgers in den Mund und seit ewigen Zeiten hatte ich mich nicht mehr so sorgenfrei gefühlt wie in dem Augenblick.

Nervös schaute ich auf die Uhr. Bloß nicht gleich am ersten Schultag nach den Weihnachtsferien zu spät kommen, dachte ich, und versuchte bei den letzten Treppenstufen mein Tempo zu erhöhen. Es fehlten nur noch wenige Meter bis zum Klassenzimmer und während ich vor Anstrengung nach Luft schnappte, sah ich doch tatsächlich aus dem Augenwinkel Jenny um die Ecke huschen.

Gefahr, schoss es mir durch den Kopf und ich wollte sofort auf die Toilette flüchten, aber in dem Moment stand sie schon breitbeinig vor mir, packte meinen Arm und knallte mir die Kette in die Hand.

„Hier hast du sie zurück, die hat mir nur Ärger eingebracht, meine Schwester behauptete sogar, sie wäre geklaut." Am liebsten hätte ich an Jennys perfekt geflochtenen Zöpfe gezogen, stattdessen starrte ich nur entsetzt auf die Kette und spürte, wie ich rot anlief und mein Herz wie wild zu pochen anfing.

Richtig peinlich wurde es noch später auf dem Pausenhof. So dass auch möglichst alle es mitbekamen, stellte sie sich erneut breitbeinig in den Weg und schrie mich an, dass sie mit Diebesgut nichts zu tun haben wolle, sie aber auf die Rückgabe des Geldes für die Wundertüte trotzdem verzichten würde.

Nun war die Kette wieder bei mir. Auf dem Weg

nach Hause nahm ich sie vorsichtig aus meiner Jackentasche und schaute sie mir noch einmal genauer an. Eigentlich fand ich sie sehr schön mit dem Anhänger, der wie eine kleine Blüte aussah. Besonders beeindruckte mich der kleine blaue, mitten in der Blüte eingefasste Stein, der in unterschiedlichsten Farben leuchtete. Aber meine Entscheidung stand fest, keine Minute länger wollte ich mich mit dieser Kette belasten und ich wollte mir auch keine großen Gedanken mehr darüber machen, wie ich sie sinnvoll loswerden könnte. Zu Hause angekommen ging alles ganz schnell. Sofort stürzte ich in mein Zimmer, kramte fest entschlossen aus der hintersten Schublade meine kleine Schachtel hervor und verbannte die Kette endgültig zwischen Steinen, Muscheln und sonstigem Sammelwerk.

Jahre später

„Woher haben Sie die Kette?" Erschrocken schaute ich hoch und sah einen großen, schlanken älteren Herrn direkt vor meinem Tisch stehen. Deutlich sah ich das Zucken um seine Mundwinkel. Er musste sehr aufgewühlt sein und als er noch leise hinzufügte: „Sie gehört doch nach Kelaa" und mir gleichzeitig auffiel, wie traurig sein Blick wurde und wie sehr dabei das Blau seiner Augen zu einem noch tieferen Blau wechselte, bekam ich sofort ein schlechtes Gewissen und konnte nur noch, wie auf frischer Tat ertappt, beschämt nach unten schauen.

„Entschuldigen Sie, ich wollte Sie nicht erschrecken. Mein Name ist Philip Salinger. Die Kette erinnert mich an jemanden." Erneut schaute ich ihn an. Sofort fielen mir die unzähligen Lachfalten um seine Augen herum auf. *Warum gibst du ihm nicht einfach die Kette,* überlegte ich in dem Moment, doch dann nickte er mir schon freundlich zu und verschwand genauso schnell wie er gekommen war.

Mir war, als ob die Luft kaum noch Sauerstoff enthielt, die Kette fühlte sich plötzlich wie eine schwere Last an, so als wollte sie meinen ganzen Oberkörper nach vorne ziehen. Keine Sekunde länger sollte sie an meinem Hals hängen. Rein zufällig hatte ich sie in meiner kleinen Sammelbox aus der Jugendzeit zwischen Steinen und Muscheln entdeckt und aus einer Laune heraus beschlossen, sie heute Abend zu tragen. Irritiert starrte ich nun auf die Kette in meiner Hand und mit einem Mal war ich wieder das kleine Mädchen und fühlte mich genauso hilflos und überrumpelt wie vor mehr als zehn Jahren, als mich keiner verstehen wollte und man mir nachsagte, ich sei eine Diebin.

Mühsam kämpfte ich mit den Tränen und wartete ungeduldig auf meine Freundin.
Sie wollte, dass ich endlich wieder unter Menschen kam und hatte mich zum Essen eingeladen. Mit der Kette in der Hand und den Erinnerungen meiner sinnlosen Bemühungen, andere damit zu überraschen und immer wieder abgelehnt zu werden, fühlte ich mich unter den lachenden Gästen im Restaurant sehr allein. Und die Trauer um meine langjährige Beziehung, die von Jan vor einigen Wochen so abrupt beendet wurde, erfasste mich so heftig, dass ich glaubte, die fröhlichen Menschen um mich herum nicht länger ertragen zu können.
Ich war kurz davor, fluchtartig das Restaurant zu verlassen, als meine Freundin strahlend winkend auf mich zukam und mir in dem Moment mein peinliches und unhöfliches Benehmen glücklicherweise noch rechtzeitig bewusst wurde. Schnell steckte ich die Kette in meine Tasche, umarmte erleichtert

meine Freundin und reagierte auf ihren fragenden Blick lediglich mit der Ausrede, mir sei etwas ins Auge gekommen und ich müsse einmal ganz schnell zum Kühlen auf die Toilette.

Wochen später

Eine gefühlte Ewigkeit schon schaute ich auf das türkisblaue Meer.
„Sie gehört doch nach Kelaa", waren seine Worte und jetzt befand ich mich genau auf dieser kleinen maledivischen Insel, von der ich bis vor kurzem noch gar nicht wusste, dass sie existierte, geschweige denn, dass ich dort jemals am Strand unter Kokospalmen sitzen würde.
Wenn die Kette wirklich nach Kelaa gehört, dann bring sie doch einfach dorthin zurück, kam mir zu einem Zeitpunkt die Idee, als ich mal wieder glaubte, alles um mich herum nicht länger ertragen zu können. Einfach nur weg wollte ich, möglichst in einem fernen fremden Land sein, in dem mich nichts an zu Hause erinnern würde und ich auch wirklich meinem düsteren Alltag entkommen konnte.

Nun lag ich im weißen Sand, spürte den warmen Wind auf meinem Gesicht und fühlte, wie die tropischen Temperaturen mich allmählich in einen trägen und gelassenen Zustand versetzten.
Froh, endlich fernab von allem zu sein. Kein vorweihnachtliches Treiben, keine Familie, keine fragenden Freunde und vor allem keine frisch verliebten Pärchen um mich herum.
Das erste Mal seit der überstürzten Trennung von

Jan konnte ich Ruhe und Alleinsein genießen und musste mich nicht rastlos von irgendwelchen Aktivitäten treiben lassen.

Kleine Spaziergänge am Strand gehörten zu meinem täglichen Ritual. Gut eine Stunde brauchte ich, um die kleine Insel zu umrunden. Zwischendurch hielt ich immer wieder Ausschau nach einem geeigneten Platz für die Kette, die ich stets in einem kleinen Lederbeutel bei mir trug.
Anfänglich hoffte ich, arbeitende Einheimische in dem Ferienresort könnten mir weiterhelfen. Alle bestätigten, die Kette mit der bronzenen Blüte als Anhänger sei typisch für maledivischen Schmuck, allerdings hatte keiner eine Idee, zu wem sie gehören könnte. Auch wunderten sich alle über den in der Blüte eingefassten blauen Saphir, der einerseits nicht so richtig dazugehörte und andererseits der Kette etwas Besonderes verlieh.

Es blieben nur noch wenige Tage bis zu meiner Abreise. Wieder ging ich am Strand entlang und dieses Mal wollte ich die Kette endlich neben der Palme direkt an einem alten, nicht mehr genutzten Fischerboot vergraben. Wirklich zufrieden war ich mit der Lösung nicht, aber auf keinen Fall sollte sie wieder irgendwo bei mir zu Hause in einem verborgenen

Winkel landen. Ich war fest entschlossen, mich endgültig von der Kette zu trennen. Meine innere Stimme bestätigte mir immer wieder, sie gehört auf diese Insel und so zufällig wie sie vor Jahren zu mir gekommen war, würde sie vielleicht auch hier irgendwann einmal von der richtigen Person wiedergefunden werden.

An diesem Vormittag fühlte sich der Sand besonders heiß an. Fast, als müsste ich über glühende Kohlen laufen. Es war kaum zum Aushalten. Ich hüpfte von einem Fuß zum anderen, wurde immer schneller und bemerkte zunächst gar nicht, wie ich geradezu auf eine große schlanke Gestalt zulief. Als ich sie endlich bewusst wahrnahm, dauerte es nur wenige Sekunden, bis es mich durchzuckte und ich ahnte, die Person, die dort, ähnlich einer Statue, im grellen Sonnenlicht am Strand stand und mir regungslos entgegensah, konnte kein anderer als Philip Salinger sein. So unerwartet, wie er damals im Restaurant vor mir auftauchte, schien er nun plötzlich wie selbstverständlich auf mich zu warten.

Verschwitzt und außer Atem stand ich kurz darauf vor ihm. Wortlos hielt ich ihm einfach nur den kleinen Lederbeutel entgegen und spürte, wie es mir gleichzeitig eng in der Brust wurde und ich auf einmal wieder das kleine aufgeregte Mädchen war, das vor Jahren der Mutter ein Geschenk in die Hand drückte.

Minutenlang passierte gar nichts. Wie eingefroren fühlte ich mich und starrte auf die Kette in der Hand des Mannes, den ich vor mehreren Wochen nur einmal für wenige Minuten im Restaurant getroffen hatte.

„Das ist ja unglaublich", hörte ich ihn erstaunt sagen. Sekundenlang meinte ich, wieder den abweisenden Blick meiner Mutter zu spüren, der sich wie kleine Messerstiche in meinen Brustraum bohrte. Trotzdem wagte ich vorsichtig hoch zu schauen und erleichtert sah ich sehr viele Lachfalten und schaute in strahlend blaue Augen, die mir versicherten, alles sei in Ordnung. Die Kette mit der bronzenen Blüte und dem kleinen blauen Saphir war endlich willkommen.

Es war mein letzter Abend auf der Insel. Philip Salinger hatte mich eingeladen und jetzt saß ich bei ihm auf seiner kleinen Holzveranda und hatte es mir in einem großen Korbsessel bequem gemacht. Schweigend schaute ich auf das Meer und bewunderte den Sonnenuntergang. Ein letztes Mal genoss ich die warme tropische Abendluft, lauschte dem Rauschen der Wellen und den seltsamen Vogelgeräuschen, bevor diese in der Dunkelheit verstummten.

„Sie war eine wunderschöne Frau", unterbrach Philip Salinger die Stille.

„Es liegt fast ein halbes Jahrhundert zurück und immer noch höre ich Saöinas Lachen, sehe ihr strahlendes Gesicht und ihre anmutigen Bewegungen, wenn sie leichtfüßig über den Strand lief.

Wir lernten uns auf dieser Insel kennen. Einheimischen war es dazumal verboten, sich unter Touristen zu mischen. Aber ich arbeitete als Meeresbiologe für ein halbes Jahr an einem Projekt und da mein ursprünglicher Dolmetscher schwer erkrankte und Saöina die Einzige auf der Insel war, die Englisch sprach, wurde es ihr erlaubt, mich während meines Aufenthaltes als Dolmetscherin zu unterstützen.

Als wir uns das erste Mal trafen, spürte ich sofort, uns verband etwas Besonderes. Nicht die Liebe auf den ersten Blick. Nein, es war etwas viel Tieferes", fuhr er nach längerer Pause mit leiser Stimme fort.

„Das Puzzleteilchen, das zu meinem Lebensteppich noch fehlte, war plötzlich da und das Ganze formte sich zu einem vollendeten Mosaik, in dem Steinchen und Farbe zueinander passten und auf wunderbarer Weise miteinander harmonierten. Leider war unsere gemeinsame Zeit endlich und das wussten wir beide. Die Menschen auf der Insel galten schon damals als strenggläubige Moslems und Saöina hielt es für selbstverständlich, dass sie einmal den Mann heiraten würde, den man ihr bereits im Alter von zehn Jahren ausgesucht hatte."

Philip Salinger legte eine längere Pause ein und schaute mich dabei nachdenklich an. Als er aufstand und die Kette holte, wirkte er sehr müde und ich war mir sicher, er würde mich gleich darum bitten zu gehen.

„Du bist so weit gereist und hast sie zurückgebracht und jetzt sollst du auch erfahren, was es mit der Kette auf sich hat.

Es war Saöinas Kette, begann er weiterzuerzählen.

„Sie trug sie schon an dem Tag, als wir uns das erste Mal trafen. Mir fiel sie sofort auf und ich war erstaunt, wie eine schlichte Kette, Anmut und Schönheit so besonders hervorheben konnte.

Jeden Tag begleitete mich Saöina als meine Dolmetscherin. Meistens waren wir von Mitarbeitern umgeben, aber es gab auch immer wieder Zeiten, in denen wir allein und ungestört zusammen sein durften und wir hätten alles darum gegeben, diese Zeit zum Stillstand zu bringen.

Egal, was wir taten und wo wir waren, selbst wenn wir uns abends trennten, immer war dieses unsichtbare Band zu spüren, das uns eng umschlungen zusammenhielt. Es brauchte nicht viel, um Nähe und Liebe zueinander zu spüren. Ein Blick, ein Lachen, eine flüchtige Berührung ließen uns ineinander versinken und in dem Moment war es für uns undenkbar, jemals wieder auseinanderzugehen.

Als das Projekt fast abgeschlossen war und klar wurde, dass uns nur noch vier Wochen bis zu meiner Abreise blieben, schien alles nur noch unwirklich zu werden. Der quälende Gedanke, niemals zusammenbleiben zu dürfen und Mann und Frau zu werden, lag wie ein Schatten über uns und wir fühlten uns wie zwei Ertrinkende.
Saöina bat mich, ihr zum Abschied etwas von mir zu geben, das sie, ähnlich wie die Kette, immer bei sich haben konnte, ohne der Gefahr ausgesetzt zu sein, dass ihr späterer Mann es ihr einmal aus Eifersucht oder Zorn wegnehmen würde."

Philip Salinger schaute mich träumerisch schmunzelnd an.
„Es waren meine blauen Augen", und sofort fielen mir wieder die unzähligen Lachfalten um seine Augen herum auf.
„Saöina gestand mir einmal, sie hätte sich sofort in meine blauen Augen verliebt. Sehr oft, wenn wir nach der Arbeit noch ein wenig am Wasser entlangliefen, sah sie mich lachend an und meinte, das Blau meiner Augen würde sich je nach meiner Stimmung

in feinen Nuancen verändern und ihr genau verraten, was ich gerade fühle.

Das Einzige, was ich ihr geben konnte, war ein kleiner blauer Saphir, den ich auf Sri Lanka bekommen hatte und von dem man behauptete, er würde mich beschützen und mir Glück bringen. Nun sollte dieser Stein auch Saöina Glück und Schutz bringen und so ließ ich ihn in die bronzene Blüte einfassen, damit sie den Stein immer bei sich haben konnte und die Erinnerung an meine blauen Augen auch nicht verblassen würde.
Unsere gemeinsamen Tage auf der Insel waren gezählt. Saöina war traurig und lachte viel weniger. Nur wenn sie mit dem Anhänger ihrer Kette spielte und sah, wie sich das Blau des Steines mit dem Einfall des Sonnenlichtes veränderte, gewann sie ihr schelmisches Lachen zurück und meinte, auch wenn ich sehr weit weg wäre, würde sie über den Stein erfahren, wie es mir gehe.

Saöina war eine starke Frau, viel stärker als ich es war an unserem letzten Tag. Tief in ihrem Glauben verwurzelt und mit einer besonderen Gabe, Geschehnisse in ihrem Leben intuitiv zu erspüren, wusste sie, dass wir uns nie wiedersehen würden. Zum Abschied schaute sie mich sehr lange lächelnd an, ich konnte in dem Moment kein einziges Wort herausbringen und als ich schon dachte, wir würden ohne ein letztes Wort auseinandergehen, hörte ich ihre klare feste Stimme. Und als ob es erst gestern gewesen wäre, höre ich immer noch, wie sie mir sagte, sie wüsste nicht, wann sie sterben würde, aber sie wüsste genau, dass es vor meiner Zeit sein wird und nach ihrem Tod werde die Kette den Weg zu mir finden als ein Zeichen, dass ich zu ihr zurückkehren darf."

Philip Salinger und ich schauten lange schweigend in die tiefschwarze Nacht. Beide waren wir in unseren eigenen Gedanken versunken und es gab keine Worte, die das ausdrücken konnten, was jeder von uns in dem Moment empfand.

Philip Salinger gehörte zu den Menschen, bei denen man einfach nur da sein konnte und sich wohlfühlte. Es brauchte nichts, keine Worte, keine großartigen Aktivitäten, keine Entschuldigungen. Ich fühlte mich gesehen und geachtet. Eingebettet in dieser Ruhe erlebte ich genau die Art von Geborgenheit, die ich am liebsten für immer festgehalten hätte.

Es wurde sehr spät und zum Abschied kam ich nicht umhin, doch noch neugierig eine letzte Frage zu stellen:

„Wer war die junge schöne fremdaussehende Frau, von der ich vor Jahren die Kette bekommen hatte."

Philipp Salinger zuckte nur nachdenklich mit den

Schultern und meinte: „Saöinas Schwester wusste um ihren Wunsch und nach ihrem Tod hatte ihre Schwester dafür gesorgt, dass die Kette zur Hauptstadt gebracht wurde. Von dort aus verlief sich die Spur."

Es war mein letzter Morgen auf der Insel. Gegen Mittag sollte ich mit dem Speedboot abgeholt werden, um von Male, der Hauptstadt, zurück nach Hause zu fliegen.

Ein letztes Mal lief ich am Strand entlang und beobachtete die unzähligen bunten Fische, wie sie sich in Schwärmen durch das Wasser bewegten und geschickt den noch sehr kleinen unbeholfenen Babyhaien auswichen.

Seit einer gefühlten Ewigkeit war heute der erste Morgen, an dem ich nicht ohne Grummeln in der Bauchgegend aufgewacht war. Ich musste auch nicht mit noch halb geschlossenen Augen befürchten, den Kampf gegen erdrückende Gefühle zu verlieren und auf diesem schmalen Grat zwischen Melancholie und Zuversicht schließlich doch in Traurigkeit zu versinken.

Philip Salinger war zurückgekehrt, dachte ich, hier auf dieser Insel, *wo er einst das fehlende Mosaiksteinchen zu seinem Lebensteppich gefunden hatte, wollte er nun für immer bleiben.*

Sein Weg endete hier und meiner würde hier neu beginnen. Leichtfüßig lief ich über den Sand und dachte dabei an Saöina, wie sie hier vor Jahrzehnten ähnlich leichtfüßig entlanggelaufen war. Sie liebte ihre Heimat und fühlte sich im Netz bestehender Traditionen sicher eingebunden. Nur leider wurde ihr nie die Freiheit gegeben, ihr Glück festzuhalten und sich auf neue Wege zu begeben.

Die morgendliche Sonne war noch nicht so heiß. Sie schien mir angenehm ins Gesicht und feuchte Tropenluft umhüllte mich wie ein erfrischender Mantel. Ich fühlte mich innerlich elektrisiert, so als ob unzählige aneinandergereihte Freudensprünge mich zum Tanzen bringen wollten und plötzlich sah ich Jan vor mir und mir wurde klar, dass, selbst wenn er sich für mich passend gemacht hätte, er nie wirklich meine große Liebe geworden wäre.

Selten zuvor hatte ich mich so frei und unbeschwert gefühlt. Als ob die Sonne noch einmal nur für mich allein aufging, sah ich neue Wege, die ich vorher noch nie gesehen hatte und die mir mit einem Mal verlockend und spannend erschienen. Die Kette war an ihren Ort zurückgekehrt und in dem Moment glaubte ich, stark genug zu sein, mich auch in Zukunft von einengenden Ketten befreien zu können.

Und irgendwann einmal werde auch ich erstaunt erkennen, wie sich mein Leben als Ganzes zu einem wunderbaren lebendigen Mosaik zusammengefügt hat.

Dorothee war heiß vom Erzählen geworden. Sie nahm einen Schluck Wasser, ließ sich zurück in ihren Stuhl fallen und schaute in fragende Gesichter. „Hattest du denn nach deiner Abreise nie wieder etwas von Philip Salinger gehört", wollten die vier Frauen wissen.

„Von ihm persönlich nicht, aber ungefähr ein Jahr später bekam ich Post von den Malediven. Der Briefumschlag enthielt lediglich ein einzelnes Foto. Darauf war ein schneeweißer Korallenstein abgebildet. In schwarzer Schrift eingraviert standen die Namen von Saöina und Philipp mit den jeweiligen Todesdaten. Zwischen ihnen lag der kleine bronzene Anhänger.

Irgendjemand musste um die Liebe der beiden und um die Bedeutung der Kette gewusst haben und hatte mir das Foto als letztes Andenken an Philipp Salinger geschickt.

Oft noch habe ich an meinen letzten Abend bei ihm auf der Veranda gedacht und wie mir am nächsten Morgen danach plötzlich alles verändert vorkam und ich Kraft und Mut verspürte, meinem Leben eine völlig neue Richtung zu geben.

Nun war Philipp Salinger tot. Anfänglich konnte ich es kaum glauben. Ich erinnere mich, dass ich das Foto vor Schreck sofort fallen ließ und es genauso schnell wieder in die Hand nahm und es dann ewig lange anschaute. Vor mir tauchten immer wieder seine strahlend blauen Augen mit den tausend Lachfalten auf und das waren die Augenblicke, in denen ich besonders traurig war und ich mir gewünscht habe, er würde noch leben und ich könnte ihn noch einmal sehen. Andererseits war ich mir auch sicher, dass er seinen Frieden gefunden hatte und bereit gewesen war zu sterben.

So gab es neben meiner Traurigkeit über seinen Tod auch ein beruhigendes Gefühl.

Philip Salinger durfte seine letzten Tage dort verbringen, wo er einst seine glücklichste Zeit erlebt hatte. Er war endlich angekommen und sein Kreis hatte sich geschlossen, genauso wie es immer sein Herzenswunsch gewesen war."

Es lag eine ruhige Stimmung in dem Raum. Wieder war nur das Knistern der Kerze zu hören. Marie schaute lange in nachdenkliche Gesichter, bis plötzlich Charlottes melodische Stimme jäh die Stille unterbrach. Charlotte saß aufrecht nach vorne gebeugt und spielte mit der in der Mitte stehenden Kerze. Sie drehte sie hin und her und wischte mehrfach mit ihrer Hand über die Flamme. „Ich dachte immer, es gäbe nichts Besonderes, was ich aus meiner Kindheit erzählen könnte", fing sie an, „aber jetzt, wo ich euch beide gehört habe, ist mir doch etwas eingefallen. Ich verstehe gar nicht, warum ich es über Jahre verdrängt habe, denn wenn ich darüber nachdenke, war es wirklich etwas Besonderes, etwas, was mich in meiner Kindheit so sehr beeindruckt hatte, dass sich danach vieles verändert hatte."

Charlottes pausbäckiger Engel

Endlich war es wieder soweit und dieses Mal wollte ich es auch wirklich schaffen. Nicht wie in den letzten Jahren zuvor, erschöpft einzuschlafen und dann am nächsten Morgen enttäuscht festzustellen, wieder einmal das Geheimnisvolle verpasst zu haben. Ich wollte den vorsichtigen Schritten und dem Flügelschlag lauschen. Mitbekommen, wie Mama und Papa gemeinsam mit dem Engel in der Nacht vor Heilig Abend den Weihnachtsbaum schmückten.

Schon Wochen vorher, zunächst vorsichtig und je mehr wir uns Weihnachten näherten, hatte ich immer hartnäckiger darum gebettelt, den Baum einmal ganz anders zu schmücken. Nicht mit der kostbaren Weihnachtsglockensammlung, die jährlich durch eine Neue ergänzt wurde, und auch ohne mundgeblasene Glaskugeln, auf die Papa so stolz war, weil er sie irgendwann vor Jahren auf einem Weihnachtsmarkt in einer Dorfscheune erworben hatte.
Ich wünschte mir viele bunte Kugeln und ich wollte elektrische Lichterketten und nicht die langweiligen Bienenwachskerzen. Mama meinte zwar immer, sie würden den Baum auf natürliche Art verschönern, ich aber fand das Gelb einfach nur hässlich. Wenn überhaupt, durften es nur rote Kerzen sein.

„Bei Nadine zu Hause funkelt und glitzert der Baum und unser sieht immer so ruhig und langweilig aus", beschwerte ich mich oft.

„Harmonisch, unser Baum sieht harmonisch aus", verbesserte meine Mutter mich sofort und damit war das Thema erledigt.

Dieses Jahr wollte ich es unbedingt glitzernd haben. Meinen Vorschlag, bunte Kugeln und elektrische Kerzen an den Baum zu hängen, nahm Mama noch ziemlich gelassen auf, aber mein dringlichster Wunsch, keinesfalls auf Lametta, egal ob Gold, Silber oder Rot, zu verzichten, erzeugte doch dann ein energisches Kopfschütteln und sie meinte, das müsse nun wirklich mit dem Engel besprochen werden.

„Deswegen sage ich es dir ja rechtzeitig. So kannst du den Engel darauf vorbereiten und das Lametta werde ich vorsichtshalber von meinem Taschengeld besorgen und es ins Wohnzimmer legen", entgegnete ich *etwas zu laut mit betont tiefer Stimme und hoffte* damit, dass Mama begriff, wie wichtig mir dieser Wunsch war.

Nun wälzte ich mich von einer Seite zur anderen und war bemüht, bloß nicht einzuschlafen. Immer wieder zuckte ich zusammen und riss erschrocken die Augen auf, wenn ich mich dabei ertappte, doch kurz einzunicken.

Endlich, ich hatte schon befürchtet, in dieser Nacht würde gar nichts mehr passieren, hörte ich leise Schritte, und war da nicht auch ein Flüstern? Bewegungslos lag ich im Bett und lauschte angestrengt und aufgeregt den Geräuschen.

Es braucht bestimmt Zeit, bis der Baum geschmückt ist und außerdem ist es auch nicht so einfach, elektrische Kerzen anzubringen, versuchte ich mich zu beruhigen. Erst wenn ich mich sicher *fühlen würde, dass auch wirklich keiner* mehr da war, wollte ich mich vorsichtig ins Wohnzimmer schleichen und den glitzernden Baum bewundern.

Mit einem Mal war es still. Ich wusste nicht, wie lange ich schon gewartet hatte, wagte auch nicht, auf *meine Nachttischuhr zu schauen.* Langsam stand ich auf und schlich zum Wohnzimmer. Die Tür war nur angelehnt und ließ sich geräuschlos öffnen.

Mehrfach rieb ich meine Augen und starrte eine Ewigkeit auf den geschmückten Baum, aber auch das änderte nichts daran, dass ich ausschließlich Weihnachtsglocken, mundgeblasene Glaskugeln und honiggelbe Bienenwachskerzen sah.

Tränen schossen mir in die Augen und ich wollte mich schon enttäuscht ins Bett zurück verkriechen, als sich plötzlich meine Hände eigenständig zu Fäusten ballten und ich so ein komisches hartes Ziehen in meinem Brustkorb verspürte.

Langsam näherte ich mich dem Baum, nahm vorsichtig eine Glaskugel ab und ließ sie einfach zu Boden fallen. Wie von selbst folgten die anderen. Danach wurden die Weihnachtsglocken mit ihren roten Schleifen zu einem riesigen Klumpen verknotet und ganz zum Schluss landeten die honiggelben Bienenwachskerzen in Mamas Blumenvase auf dem Esszimmertisch.

Mein silbernes Lametta lag unberührt auf dem Couchtisch. Wieder zog es sich mächtig in meiner Brust zusammen. Wütend nahm ich das Lametta und schmiss es wild durcheinander über den Baum. *Mama wird sich wundern*, ging es mir zornig durch den Kopf, *und sie soll bloß nicht mit ihrem komischen Engel kommen. Nur ihr zum Gefallen spiele ich dieses Spielchen mit, obwohl ich seit langem weiß, dass es keinen Engel gibt, der beim Baumschmücken hilft.*

Ich war mir nicht sicher, ob ich schon wach war oder nur träumte, als ich plötzlich ein Kreischen hörte und kurz darauf Papas kräftige Stimme wie ein Donnerschlag in meinen Kopf drang.

„Charlotte, du kommst sofort ins Wohnzimmer."

Mein kleiner Bruder stand heulend an der Tür und meine Eltern starrten ungläubig auf den Baum, der aussah, als ob er gerade vom Frisör gekommen wäre und man ihm wild durcheinander silberne Strähnen verpasst hätte.

„Da hat der Engel wohl ziemlichen Mist gebaut",

rutschte es mir raus und jetzt war ich es, die von allen angestarrt wurde. Ich, die immer artige Charlotte, die sich meistens schüchtern zurückhielt, stets darauf bedacht, nur nichts Falsches zu sagen, gab plötzlich so eine freche Bemerkung von sich.

Den restlichen Tag musste ich in meinem Zimmer verbringen und der Heilige Abend fühlte sich später wie eine Trauerfeier an. Mein Bruder heulte ununterbrochen und packte lustlos seine Geschenke aus. Mama und Papa sprachen kaum ein Wort und ich sah nur anklagende Blicke und schaute trotzig den wilden Baum an.

„Charlotte, dir ist ja sicherlich klar, dass du dieses Jahr keine Geschenke bekommst. Nur eine Kleinigkeit gibt es für dich", und unvermittelt hielt ich einen grinsenden halbnackten pausbäckigen Engel in meiner Hand.

„Dein Schutzengel", hörte ich Mama zwitschern, „und er wird jetzt immer auf deinem Nachttisch stehen und dich in Zukunft davor bewahren, weiterhin solche Dummheiten zu machen."

Nun starrte mich jeden Morgen, wenn ich wach wurde und jeden Abend bevor ich einschlief, dieser frech grinsende Engel an. *Das hast du nun davon,* schien er mir zu sagen, und ich hatte das merkwürdige Gefühl, dass er mich von dem Zeitpunkt an mit seinem frechen Blick überall hin verfolgte, selbst an meinem ersten Schultag nach den Ferien befand er sich mit einem Mal im Klassenzimmer und balancierte übermütig auf dem oberen Tafelrand herum. Nervös rückte ich meinen Stuhl zurecht und überlegte fieberhaft, was ich womöglich sagen könnte, wenn man mich nach meinen Weihnachtsgeschenken fragen würde.

Ist doch ganz einfach, schaut nur alle genau hin und macht euch über mich lustig, dort oben auf dem Tafelrand hüpft es, mein Geschenk, so als ob es gerade dabei wäre, eine Kür auf dem Schwebebalken vorzuführen.

„Hey, Loddel-Troddel, was glotzt du so die Tafel an, hast wohl deinen Tafelprinzen entdeckt!" Schallendes Gelächter von allen Seiten, das erst wieder aufhörte, als unsere Klassenlehrerin hereinkam.

Niedergeschlagen ließ ich meinen Kopf hängen und wagte erst wieder hochzuschauen, als Frau Kasenus eine Aufgabe an die Tafel schrieb und dazu etwas erklärte.

„Frau Kasenus, ich habe ein Anliegen", unterbrach ich sie plötzlich. Neugierig flogen Köpfe in meine Richtung und überraschte Gesichter bestätigten mir, dass tatsächlich ich diejenige war, die laut angekündigt hat, vor die Klasse zu treten. Erschrocken irrte mein Blick nach vorne und ich konnte nichts anderes erkennen als den turnenden Engel, der mich jetzt herausfordernd angrinste.

Jeder Schüler, der ein besonderes Anliegen hatte, durfte bei Frau Kasenus am Anfang der Stunde nach vorne kommen und bekam fünf Minuten Zeit, über das zu sprechen, was ihm besonders wichtig war.

Wie oft schon hatte ich Mitschüler bewundert, die, ohne zu zögern, nach vorne gingen und über alles Mögliche sprachen. Und plötzlich war ich dran, ich Charlotte, die immer nur verlegen zur Seite schaute, vor der Klasse kaum ein Wort herausbrachte und wenn es dann unbedingt sein musste, auch noch rot dabei anlief.

„Loddel-Troddel hat was zu sagen", hörte ich Nils aus der Ecke flüstern, woraufhin unterdrücktes leises Gelächter erfolgte.

Steif stand ich nun vor der Klasse und sah in immer größer werdende Münder, die mich jeden Augenblick zu verschlingen drohten.

„Nun Charlotte, fang doch einfach an", versuchte Frau Kasenus mich zu ermutigen. Es war mucksmäuschenstill, meine Kehle fühlte sich trocken und staubig an und ich glaubte, jedes Wort würde paniert im Hals stecken bleiben. Hilflos schaute ich zur Decke und sah plötzlich wieder diesen frechen Engel. Jetzt hing er oben an der Lampe. Dieses Mal lä-

chelte er mir nickend zu und schaukelte schwung-
voll vor und zurück. *Hoffentlich fällt er gleich runter
und landet mitten auf Nils Kopf,* wünschte ich mir in
dem Augenblick und war überrascht, dass mit einem Mal meine Kehle frei wurde und die Worte wie
von selbst aus mir herauskamen.

„Ich heiße Charlotte und ich bin Charlotte. Und
wenn du, Nils, mich noch einmal irgendwann und
irgendwo anders nennst, werde ich dir so eine aufs
Auge hauen, dass du im Spiegel nur noch Blau
siehst. Und ihr müsst bei den Klassenarbeiten auch
keine Mauer mehr um euer Heft herum bauen. Ich
muss nicht mehr abschreiben. Entweder ich kann es
und wenn nicht, dann kann ich es eben das nächste
Mal umso besser."

„Lotti, Lotti, komm zum Frühstück, heute ist doch
Heiligabend und wir warten alle auf dich." Erschrocken schnellte ich hoch, schaute zur Uhr und stellte
enttäuscht fest, dass ich auch dieses Mal wieder ein-
geschlafen war und das Geheimnisvolle verpasst
hatte.

Auf dem Nachttisch direkt neben der Uhr stand
mein Schutzengel, den Mama mir vor längerer Zeit
geschenkt hatte, weil ich oft so ängstlich war und
immer so schnell mutlos wurde. Sie sagte, er würde
mich beschützen und mir in schwierigen Situationen beistehen. Eigentlich war mir das alles peinlich

und ich ließ ihn nur dort stehen, weil ich Mama nicht enttäuschen wollte. Aber jetzt blieb mein Blick doch verwundert an ihm hängen und irgendwie glaubte ich, dass er mich heute Morgen besonders wohlwollend anlächelte.

„Lotti, da bist du ja, dein Frühstück ist auch schon fertig zubereitet", empfing mich meine Mutter und schob mir eine Schüssel mit Haferflocken, warmer Milch und Unmengen an Obst vor die Nase. Nervennahrung nannte sie es immer, die ich jeden Morgen zu mir nahm, damit ich nicht bei jeder Gelegenheit so schnell weinte.

Lange schaute ich meine Nervennahrung an und danach abwechselnd zu Mama und Papa. Ich holte tief Luft und mit einem Mal fühlte ich mich groß und stark und die Worte purzelten wie von selbst aus mir heraus.

„Ich heiße Charlotte und ich bin Charlotte und ich möchte auch nur noch so genannt werden. Und ich brauche auch keine Nervennahrung mehr", und schob dabei die Schüssel mit den Haferflocken zur Seite.

Mama und Papa warfen sich erstaunte Blicke zu, mein kleiner Bruder sprach mich mit Charlotte an, wenn ich ihm etwas reichen sollte und ich verdrückte zwei Brötchen mit Wurst, Käse und dazu noch ein gekochtes Ei.

Aufgeregt betrat ich am Abend das Wohnzimmer. Für einen kurzen Augenblick schaute ich mit geschlossenen Augen nach unten und stellte mir noch einmal meinen Wunschweihnachtsbaum vor. Dann öffnete ich langsam meine Augen und blickte auf. Zuerst sah ich die roten brennenden Kerzen, gleichzeitig leuchteten mir viele bunte Kugeln entgegen, zwischen ihnen hingen etwas zur Seite gedrängt die stolzen Weihnachtsglocken. Und ich konnte es kaum glauben, silbernes Lametta und eine elektrische Kette mit kleinen Leuchten gaben dem Baum einen zusätzlichen Glanz.

Nun stand er vor mir, mein Glitzerbaum, und ganz oben in der Spitze hockte doch tatsächlich der pausbäckige Engel und grinste mich frech von oben herab an.

„Charlotte, nun musst du uns aber auch erzählen, wie es danach mit dir weiterging. Als Ängstliche und Schüchterne haben wir dich jedenfalls nicht kennengelernt", meinten die anderen Frauen lachend, „im Gegenteil, du bist doch vielmehr die Kämpferin, aber vielleicht auch gerade deswegen, weil man dich früher oft geärgert hatte."

„Eigentlich fühlte ich mich danach gar nicht so viel anders", erzählte Charlotte weiter. „Ich war immer noch das zurückhaltende Mädchen, nur ich hatte keine Angst mehr und irgendwie war ich auch davon überzeugt, dieser pausbäckige Engel aus meinem Traum würde mir beistehen. Jedenfalls dauerte es gar nicht lange, dass Nils auf dem Schulhof damit anfing, mich wieder mit Loddel-Troddel zu ärgern und die anderen amüsierten sich darüber.
Es war keine Zeit, lange zu überlegen. Meine Knie zitterten, aber ich stellte mich trotzdem vor ihn, zum Glück war ich genauso groß, schaute ihm direkt ins Gesicht und drohte ihm laut Prügel an, wenn er es noch einmal wagen würde, mich anders als Charlotte zu nennen.
Ein Augenblick war Ruhe, mittlerweile bildete sich eine große Traube von Mitschülern um uns herum, die gespannt darauf wartete, was geschehen würde. Nils glotzte mich überrascht an, öffnete mehrfach den Mund und dann hörte ich es wieder, „Loddel-

Troddel", dieses Mal noch lauter, noch gehässiger und noch mehr von oben herab. Ich spürte, wie es sich in meinem Inneren zusammenzog, ähnlich wie in meinem Traum, holte blitzschnell aus und knallte ihm wortlos meine Faust ins Gesicht. Blut schoss aus seiner Nase und seine Oberlippe schwoll innerhalb von wenigen Sekunden an und sah aus wie ein kleiner aufgeblasener Beutel. Einige Mädchen fingen an zu kichern. Ich glaube, ich war in dem Moment genauso überrascht wie Nils, der mich mit seiner blutverschmierten Nase entsetzt anstarrte und kurz darauf laut heulend zum Lehrerzimmer lief.

Am nächsten Tag gab es ein Gespräch mit unserer Klassenlehrerin und ich musste mich bei Nils entschuldigen und ihm versprechen, dass so etwas nicht mehr vorkommt. Auch meine Eltern fanden mein Verhalten nicht gut. „Das passt doch gar nicht zu dir, Charlotte", konnte meine Mutter sich nicht verkneifen und ich musste ihnen ebenfalls versprechen, in Zukunft nicht mehr unkontrolliert mit den Fäusten zuzuschlagen.

Nicht, dass meine Eltern Nils sonderlich sympathisch fanden, nur ärgerten sie sich, dass sie wegen seinem abgebrochenen Schneidezahn eine hohe Zahnarztrechnung bezahlen mussten.

Aber mir war das alles ziemlich egal. Auch wenn Nils geschwollenes Gesicht mit dem schiefen Mund ziemlich schlimm aussah, ich blieb fest dabei, er hatte es verdient und damals ahnte ich auch, dass ich meine Fäuste nie wieder brauchen würde, weil mich keiner mehr hänseln und ärgern würde. Von dem Zeitpunkt an wurde ich als die Charlotte akzeptiert, die ich immer sein wollte."

„Beeindruckend, Charlotte kämpft um Charlotte", rief Claire und schaute in die Runde.
„Möchtet ihr denn jetzt noch von meinem Kampf um meinen Roller erfahren"?
„Dann leg doch los, Claire, wir sind darauf gespannt", forderten die anderen sie auf und warteten neugierig auf Claires Geschichte.

Claires roter Roller

„Ich war gerade zehn Jahre alt, durfte nach der Schule nicht bummeln, mich nicht von fremden Menschen ansprechen lassen und sollte immer auf dem schnellsten Weg nach Hause kommen. Aber jedes Mal, wenn ich die entscheidende Kreuzung überqueren wollte, kribbelte es in Händen und Füßen und so entschied ich mich doch im letzten Augenblick für einen schnellen Umweg zu Kranichs Fahrradladen direkt am Marktplatz gegenüber der Kirche. Schon von Weitem sah ich das riesige Schaufenster und je mehr ich mich diesem näherte, desto heftiger wurde meine Aufregung, bis ich endlich mit wild pochendem Herzen meine Nase an die Scheibe drückte und erleichtert feststellte, *er ist noch da.* In der Ecke, fast wie achtlos abgestellt, stand mein sehnlichster Wunsch. Ein knallroter Roller mit großen Ballonreifen.

Hin und wieder bekam er im Schaufenster einen anderen Platz. Manchmal durfte er sogar vorne zwischen den stolzen glänzenden Fahrrädern stehen, meistens jedoch entdeckte ich ihn irgendwo abseits in der hinteren Reihe.

Und dann, oft befürchtet, aber immer gehofft, es möge nie eintreffen, passierte es doch eines Tages.

Aufgeregt wie immer drückte ich meine Nase an die

Scheibe und so sehr ich auch gewissenhaft jeden Winkel absuchte, mein Roller war nicht mehr da. Einfach so, von einem Tag zum anderen verschwunden.

Aufgewühlt quälten mich in dem Augenblick schreckliche Bilder, wie andere Kinder mit meinem Roller schlecht umgingen, ihn traten oder gar zu Schrott fuhren. Es war einfach unerträglich. Ich wollte nur noch nach Hause und mich ganz tief in mein Bett verkriechen.

Mit einem dicken Kloß im Hals schlich ich die endlos lange Straße zu meinem Elternhaus entlang und mit jedem Schritt empfand ich meine schreckliche Situation noch schlimmer und hätte mich am liebsten, wie früher als kleines Kind, irgendwo schreiend auf den Boden geworfen.

Meine Beine fühlten sich wie Watte an und schienen sich nur noch wie von selbst im Zeitlupentempo zu bewegen. Ich glaubte schon zu fallen, als plötzlich in meinem Kopf etwas Merkwürdiges vor sich ging und mich zusammenzucken ließ.

Du gibst doch wohl nicht auf, schien eine Stimme auf mich einzureden, *du musst doch herausfinden, wo der Roller geblieben ist. Vielleicht steht er ja auch ganz woanders, hat sich vermutlich irgendwo in die letzte Ecke verdrückt.* Wie vom Schlag getroffen, blieb ich abrupt stehen, überlegte eine Weile und marschierte mit festem Schritt zurück. Vorsichtig betrat ich mit hängendem Kopf das Ladeninnere. Alles kam mir riesengroß vor, Räder, Taschen, Schlösser, Lampen, selbst von den Luftpumpen fühlte ich mich in überdimensionaler Länge angestarrt. Und als ich minutenlang hilflos zwischen den Fahrrädern verharrte und endlich wagte, meinen Kopf zu heben, stand zu meinem Entsetzen auch noch ein riesiger Verkäufer direkt vor mir und schaute mich fragend an.

Mit piepsiger, zittriger Stimme stammelte ich, so als ob die einzelnen Wörter wie kleine heiße Kartoffeln aus meinem Mund fielen, von einem Roller.

„Ach, du meinst den roten Roller. Ein richtiger kleiner Flitzer, den haben wir vorübergehend in unserem anderen Laden untergebracht. Wenn er dir so gut gefällt, wünsch ihn dir doch einfach, noch ist er nicht verkauft."

Wünsch ihn dir doch einfach, der hat gut Reden, dachte ich und verließ niedergeschlagen den Laden.

Schon vor längerer Zeit hatte ich meiner Mutter vorsichtig diesen Wunsch vorgetragen, aber von ihr kam nur ein striktes Nein.

„Ich könnte doch den Roller abarbeiten", bettelte ich hartnäckig weiter.

„Mit einem Korb vor dem Lenker würde ich Einkäufe übernehmen, auch würde ich einmal wöchentlich zu Oma fahren und ihr beim Putzen helfen, dann Mama, müsstest du dich nicht immer über sie ärgern. Und das Bügeln könnte ich dir auch noch abnehmen, davon bekommst du doch so oft Rückenschmerzen und schlechte Laune noch obendrein." Leider brachte mich keines dieser Argumente weiter, im Gegenteil, verärgert meinte sie nur, ich solle nicht so frech übertreiben und außerdem müsse dann Rosa, meine fünf Jahre ältere Schwester, auch das von ihr lang ersehnte neue Fahrrad bekommen. Im Grunde wusste ich, meine Eltern mussten mit wenig Geld auskommen und es passierte nur selten, dass etwas außer der Reihe gekauft werden konnte, um so beschämter hatte ich mich in dem Moment gefühlt und es auch nie wieder gewagt, einen derartigen Sonderwunsch vorzubringen.

Schweren Herzens gab ich meinen Roller auf und nahm mir vor, von nun an Kranichs Fahrradladen strikt zu meiden. Ich wollte einfach nicht mehr daran erinnert werden und keine weiteren Enttäuschungen erleben.
Glücklicherweise stand das Straßenfest, das jedes Jahr im Sommer in unserem kleinen Ort stattfand, kurz bevor und sorgte für willkommene Ablenkung.
Unzählige Stände verteilten sich auf den vier Hauptstraßen, die alle zum Marktplatz führten und dort war sogar ein Karussell aufgebaut, um das sich die schönsten Buden mit den attraktivsten Angeboten

reihten. Meine Schwester Rosa und ich erhielten für dieses jährliche Ereignis immer ein zusätzliches Taschengeld. Sorgfältig war ich jedes Mal am Überlegen, wo ich wohl das Beste für mein Geld bekommen würde und immer wieder verlor ich das meiste an der Losbude mit den verlockenden zur Schau gestellten Gewinnen. Zu gerne hätte ich so ein riesiges Stofftier gewonnen, aber es blieb immer nur bei Kleingewinnen, mit denen ich nichts anfangen konnte und die dann auch ziemlich schnell verschwunden waren. Gerade ließ ich mal wieder enttäuscht eine Niete fallen, als mein Blick per Zufall zu Kranichs Fahrradladen ging und ich dort doch tatsächlich etwas Rotes aufblitzten sah. Ich traute meinen Augen nicht, ließ meine Freundin Britta augenblicklich stehen und rannte sofort los. Zwischen großen und kleinen Fahrrädern stand er, mein roter Roller. Geradezu trotzig schien er mich anzulächeln und mir zu zeigen, ich habe noch lange nicht aufgegeben.

Ich gebe auch nicht auf, schoss es mir durch den Kopf und zählte schnell mein verbliebenes Geld. Vor mir stand mein sehnlichster Wunsch, den ich mir unbedingt erfüllen wollte. Und in Zukunft, schwor ich mir, würde ich sparen und mein Geld nicht mehr für sinnlose Dinge wie den Kauf von Losen ausgeben. Schnell noch warf ich dem Roller ein Lächeln zu und stürmte dann sofort nach Hause zu.

Es durfte keine Verzögerung mehr geben. Ich musste unverzüglich handeln und meine Eltern überreden, mich vorrübergehend, bis ich das Geld zusammengespart hatte, zu unterstützen.

Meiner Mutter konnte ich nichts abringen, das wusste ich. Dieses Mal sollte es mein Vater sein, es war nur wichtig, den passenden Moment zu erwischen. Genauer gesagt, es waren die Momente, in denen er immer mal wieder für kurze Zeit abwesend war und selbstvergessen sonderbare Dinge machte. So konnte es schon mal passieren, dass mein Vater in seinem Kaffee ununterbrochen Zucker hineinrührte, bis er den ersten Schluck nahm und erschrocken feststellte, der Zucker würde heute aber extrem stark süßen.

Auch brauchte ich jetzt wegen des knappen Geldes kein schlechtes Gewissen mehr zu haben. Als Musiker hatte er seit kurzem einen festen Platz im Orchester erhalten und musste nicht mehr befürchten, jeden Augenblick ohne Arbeit und Einkommen zu sein. Erst letzte Woche durfte meine Mutter sich ein neues Kleid aussuchen und anschließend hatte er sie im Waldschloss, dem ersten Restaurant am Platze, zum Essen eingeladen.

Schon am nächsten Tag war es soweit. Mein Vater war gerade beim Pflanzengießen. Dabei schaute er selbstvergessen aus dem Fenster in den Garten und merkte gar nicht, dass das Wasser aus der Gießkanne immer weiter lief und unser alter Lieblingskaktus beinah zu ertrinken drohte.

Jetzt oder Nie, versuchte ich mich zu ermutigen. Hilfreich war auch noch, dass Rosa ebenfalls im Wohnzimmer in unserer Familien-Leseecke saß und ich sie gegebenenfalls als unabhängige Zeugin heranziehen konnte, sollte mein Vater, was auch gelegentlich zutraf, später alles abstreiten.

„Papa, ich wünsche mir so sehr den kleinen roten Roller aus Kranichs Fahrradladen." Außer Schweigen geschah nichts. *Nur nicht den entscheidenden Augenblick zwischen Abwesenheit und Wachsamkeit vermasseln,* dachte ich mir.

„Bitte Paps, es ist mein größter Traum." Mein Vater hatte weiterhin diesen komischen Ich-bin-gar-nicht-da-Blick.

„Ich würde auch eine Zeitlang auf die Hälfte meines Taschengeldes verzichten", fügte ich vorsichtshalber noch hinzu. Mittlerweile sah ich aus dem Augenwinkel, wie meine Schwester ihren Kopf hob und neugierig die Situation beobachtete. Noch immer zeigte mein Vater nicht die kleinste Reaktion. Resigniert glaubte ich schon, er würde sich gleich abwenden, als er plötzlich nur ein Wort hervorbrachte: „Zehn."

„Was meinst du mit Zehn?" Wieder nur Schweigen.

„Paps", wollte ich gerade loslegen. Weiter kam ich

nicht.

„Mit Zehn meine ich, wenn du zehn Einsen hintereinander schreibst, kaufe ich dir den Roller." Ich traute meinen Ohren nicht, aber seine klare melodische Stimme, seine funkelnden Augen und sein breites Lächeln ließen keinen Zweifel zu, mein Vater war wieder wach und meinte es ernst.

Zehn Einsen hintereinander. Das schaffe ich nie und der mitleidige Blick meiner Schwester schien es zu bestätigen. Sie war eine sehr gute Schülerin, ich dagegen war nur guter Durchschnitt. Zu gerne ließ ich mich ablenken und musste dann später den missbilligenden Blick meiner Mutter ertragen, wenn sie über die vielen Flüchtigkeitsfehler schimpfte.

Fast wollte ich schon resigniert abwinken, doch dann sah ich wieder den roten Roller, wie er sich draußen vor dem Laden zwischen den großen mächtigen Fahrrädern behauptete. *Mein kleiner Kämpfer*, dachte ich, und ich wollte auch unbedingt eine Kämpferin sein. „Abgemacht Papa, zehn Einsen hintereinander und der Roller gehört mir."

Mit dieser neuen Aufgabe bekam alles, was mit Schule zusammenhing, eine völlig neue Bedeutung. Meine Gedanken kreisten nur noch um bevorstehende Klassenarbeiten. Ständig entwickelte ich neue Pläne, wie ich noch schneller und besser lernen konnte. Die gesamte Familie wurde mit einbezogen.

Mein Vater musste mit mir Mathe üben, meine Schwester sollte mich in Deutsch unterstützen, obwohl sie sich meistens übellaunig weigerte, meine Mutter bekam die Aufgabe, mich mit gesundem Essen zu versorgen, sodass ich mich auch gut konzentrieren konnte und Oma war für das Daumendrücken zuständig.

Egal, was ich tat und wo ich war, die Einsen gingen mir nicht mehr aus dem Kopf. Sogar in meinen Träumen erschienen sie. Nur einmal schreckte ich schweißgebadet hoch. Eine Eins bekam plötzlich einen dicken runden Bauch, wurde zu einer dickbäuchigen Sechs und verschlang, wie ein gieriges Monster, nacheinander die anmutigen schlanken Einsen. Es brauchte einige Minuten, bis ich erleichtert feststellte, dass alles nur ein böser Traum war und ich, wenn auch etwas unruhig, wieder einschlafen konnte.

Mein kleiner Alptraum war schon am nächsten Tag vergessen, zurück blieben die schlanken Einsen, die sich erfolgreich ihren Platz erkämpften.

Meine erste Arbeit war ein voller Erfolg. Ungläubig starrte ich auf die mit roter Tinte geschriebene Eins. Wie ein stolzer Wächter stand sie kerzengerade vor der Unterschrift meines Lehrers und schien nichts zu fürchten, auch keine dickbäuchigen Sechsen. Diese Eins war überhaupt seit Monaten meine erste

und jetzt wurde sie zu meiner geheimen Verbünde-
ten. Immer wenn ich ins Grübeln kam und mir mein
Ziel unerreichbar erschien, sah ich sie lange an und
als ob sie mir zublinzeln würde, fühlte ich mich wieder stark und schaute zuversichtlich den kommen-
den Arbeiten entgegen.
Zwischendurch hielt ich kleine Zwiegespräche mit
meinem Roller und schwor ihm, er könne sich auf
mich verlassen und schon sehr bald würde ich ihn
abholen kommen.

Fünf Einsen hatte ich schon geschafft. Und die letzte
davon war sogar eine riesige Hürde, eine schwierige
Mathearbeit. Ich wurde immer selbstbewusster und
meine Eltern fieberten mittlerweile bei jeder Klassenarbeit mit. Die sechste Eins fühlte sich schon fast
wie ein kleiner Siegesrausch an. Mein Vater meinte
dann auch etwas wichtigtuerisch, mit diesen sehr
guten Leistungen würde ich mir nicht nur den Roller erarbeiten, sondern auch die entscheidende
Empfehlung für das Gymnasium. Alle freuten sich
mit mir, nur bei meiner Schwester war ich mir nicht
sicher. Zwar unterstützte sie mich gelegentlich beim
Lernen und freute sich auch anschließend über meinen Erfolg, oft sah ich aber auch ihren argwöhni-
schen Blick, wenn ich strahlend mit einer weiteren
Eins nach Hause kam. Einmal gab es einen riesigen

Streit, als sie Papa an ihren Fahrradwunsch erinnerte und er etwas zu barsch vorschlug, sie könne es ja auch mal mit zehn Einsen hintereinander versuchen. Rosa regte sich über diesen unerhörten Vorschlag, wie sie es nannte, fürchterlich auf, woraufhin Papa ihr beschwichtigend erklärte, natürlich sei es auf dem Gymnasium wesentlich schwieriger, aber ein Fahrrad sei eben auch viel teurer und somit müsse es auch eine anspruchsvollere Aufgabe sein. Schließlich lenkten meine Eltern ein und versprachen ihr, in nächster Zeit eine faire Lösung für ein neues Fahrrad zu finden.

Die neunte Arbeit zählte noch einmal zu den besonders schwierigen und nur meinem ausgeklügelten Vorbereitungsplan war es zu verdanken, dass ich jede noch so schwierige Aufgabe ohne Probleme lösen konnte.

Mit klopfendem Herzen wartete ich nun darauf, dass Lehrer Brandes die korrigierten Arbeiten verteilte. Sie waren stets nach Noten sortiert. Ganz oben lagen die Einsen, gefolgt von den Zweien und Dreien. Danach gab es erst einmal eine längere Pause, in der sich Lehrer Brandes einen Schüler mit einer sehr schlechten Note herauspickte und ihn so lange kopfschüttelnd anschaute, bis dieser meistens rot anlief oder manchmal sogar in Tränen ausbrach. Die besten Noten waren vergeben und ich war nicht dabei. Erschrocken starrte ich nach vorne und bemerkte zuerst gar nicht, dass doch tatsächlich der kopfschüttelnde Blick meines Lehrers mir galt. Seit einiger Zeit wusste man auch in meiner Klasse um den besonderen Deal mit meinem Vater und seitdem verfolgten alle neugierig den Verlauf. Es hatten sich sogar kleine Wettgemeinschaften gebildet und vor jeder Klassenarbeit wurde heiß diskutiert, wie hoch meine Chancen zur weiteren Eins standen. Umso lähmender empfand ich nun die überraschten und besorgten Blicke meiner Mitschüler. Es war mucksmäuschenstill, Lehrer Brandes kam auf mich zu, stand breitbeinig mit ernstem Gesicht vor mir und reichte mir die Hand. Ich dachte schon, mein Herz würde jeden Augenblick aufhören zu schlagen, als ich auf einmal seine stets etwas zu laute Stimme hörte: „Herzlichen Glückwunsch, Claire, du hast deine neunte Eins geschafft." Die ganze Klasse applaudierte mir zu und ich fühlte mich wie ein kleiner Star und verteilte überglücklich Kusshändchen.

Die zehnte Arbeit war ein Kinderspiel. Ein angekündigtes Diktat, das zu Hause geübt werden konnte und hauptsächlich dazu diente, sehr schlechten Schülern zwischendurch eine Chance zu geben, ihren Notendurchschnitt zu verbessern.
Ich fühlte mich wie eine Leistungssportlerin auf der

Zielgeraden. Nur noch selten unterliefen mir Rechtschreibfehler und wenn, dann wurden diese kleinen Übeltäter rechtzeitig entdeckt und schnellstens eliminiert.

Auf keinen Fall wollte ich noch kurz vor dem Ziel stürzen und so war es selbstverständlich, das Diktat so lange zu üben, bis ich es im Schlaf konnte. Meine Mutter hatte keine Zeit und meine Schwester keine Lust. Ich quengelte und bettelte jedoch so lange herum, bis Rosa sich schließlich widerwillig bereit erklärte. Dafür musste ich ihr versprechen, in Zukunft nicht mehr zu petzen, wenn sie Mamas neues Makeup heimlich benutzen würde. Ich fühlte mich, was das Diktatschreiben betraf, noch nie so sicher, umso größer war die Enttäuschung, als dann doch fünf unnötige Fehler auftauchten. Rosa blieb völlig gelassen und meinte nur, dann würde sich doch wenigstens das Üben lohnen. Sie liebte es immer, mit einem dicken Rotstift zu korrigieren. Innerlich regte ich mich jedes Mal über ihre schulmeisterhafte Art auf, wagte aber nicht, in dieser kritischen Phase zu widersprechen und kam ziemlich lustlos ihrer Forderung nach, die falsch geschriebenen Wörter mehrfach hintereinander richtig zu schreiben. Abends vor dem Zubettgehen schrieb ich das Diktat zur eigenen Sicherheit noch zweimal hintereinander fehlerlos und am Ende konnte ich schließlich doch beruhigt schlafen gehen.

Wie so oft, wenn es Arbeiten zurückgab, betrat Lehrer Brandes mit einem Stapel Heften unter dem Arm schlecht gelaunt das Klassenzimmer. Sofort kam er zu mir: „Es tut mir leid, Claire", und legte mein Heft auf den Tisch. „Einen Fehler hätte ich ja gerne übersehen, aber es sind leider doch ein paar mehr", fügte er noch leise hinzu. Niedergeschlagen schaute ich auf mein aufgeschlagenes Heft. Drei lächerliche Fehler und etwas Doppeldickbäuchiges glotzten mir entgegen.
Ich wollte nichts mehr sehen und hören, mein Heft verschwand augenblicklich in der Schultasche und nichts hielt mich an diesem Tag, noch eine Minute länger in der Schule zu bleiben.
Zuhause schaute sich mein Vater wieder und wieder die Fehler an und schüttelte zu meinem Ärger, ähnlich wie mein Lehrer, ständig den Kopf, sodass ich ihm wütend das Heft entriss und es endgültig in die letzte Ecke meines Zimmers verbannte. Mama schien es nicht glauben zu wollen und wiederholte ständig: „Du Ärmste, das verstehe ich einfach nicht, was ist nur mit dir los gewesen."

Meine Eltern waren mindestens genauso enttäuscht wie ich und mein Vater bot mir sogar eine zweite

Chance an:

„Komm Claire, das Diktat vergessen wir, es waren doch nur drei lächerliche Fehler, die nächste Arbeit wird wieder eine Eins und der Roller gehört dir." Aber auch die nächste Arbeit wurde keine Eins, wie auch alle Folgenden nicht. Im Gegenteil, ich wurde von Mal zu Mal schlechter und bewegte mich, so sehr ich mich auch anstrengte, immer häufiger zwischen den eckigen Vieren und den hässlichen, gefräßigen Dickbäuchigen.

Kranichs Fahrradladen war nun wieder Sperrgebiet. Nicht nur der Absturz von einer bewunderten Einser-Schülerin zu einer sicheren Vierer-Kandidatin machte mir zu schaffen, noch mehr litt ich unter dem Gedanken, dass mein Roller womöglich traurig und anklagend jeden Tag vergeblich auf mich wartete.

Erst als meine Schwester mich eines Tages mit einer großartigen Idee überraschte, bekam ich neuen Mut und wagte es, wieder vorsichtig Richtung Roller zu schielen und zu hoffen, dass ich doch sehr bald als stolze Besitzerin mit ihm durch unseren Ort fahren würde.

„Du möchtest den roten Roller und ich ein neues

Fahrrad. Von Mama und Papa ist nichts zu erwarten, außer unfaire Vorschläge, wie zehnmal hintereinander Einsen zu schreiben. Damit ist Schluss. Wir beide sollten als Team etwas auf die Beine stellen, etwas, was es in unserem Ort noch nie gab." Neugierig schaute ich Rosa an und versuchte herauszufinden, ob es mal wieder eine ihrer kurzweiligen verrückten Ideen war, um damit zu beeindrucken oder ob sie es dieses Mal tatsächlich ernst meinte und auch etwas wirklich Brauchbares dahintersteckte.

„Wir organisieren Rennturniere, damit verdienen wir unser eigenes Geld", fuhr sie begeistert fort. Für die Jüngeren werden Roller zugelassen und die Älteren benutzen natürlich Fahrräder." Gleich vor unserem Ort gibt es ein freies Feld mit einem kleinen abschüssigen Hang, auf dem sich wunderbar ein Parcours mit unterschiedlichen Schwierigkeitsgraden aufbauen lässt. Jeder muss ein Startgeld bezahlen und als Preis gibt es selbstgebastelte Urkunden und eine Naschi-Tüte. Die Süßigkeiten bekommen wir von Oma, sie möchte doch immer, dass wir ordentlich zugreifen." *Und sie sorgt auch gerne für Nachschub*, dachte ich mir, allein schon, um damit zu demonstrieren, dass man übertriebene Zuckergegner nicht so ernst nehmen sollte, schließlich sei sie schon über achtzig und hatte immer schon gerne genascht.

Mit ihrer Geschäftsidee hatte Rosa endgültig mein Interesse geweckt. Begeistert malte ich mir aus, wie wir beide die Einnahmen zählten und uns immer mehr Kinder bedrängten, jedes Wochenende neue und größere Turniere auszutragen.

Der Gewinn sollte natürlich geteilt werden. Rosa versprach sich davon ein neues Fahrrad und handelte einen kleinen Extra-Zuschlag von Oma heraus. Und ich sah mich wieder auf der Zielgeraden zu meinem Roller und war mir sicher, dieses Mal auch wirklich unbeschadet durch das Ziel zu kommen.

Meine Aufgabe war es, in meiner Grundschule kräftig die Werbetrommel zu rühren. Ich verteilte fleißig kleine bunte handgefertigte Flyer und schon sehr bald war unser Turnier als das C&R-Weekend-Event überall bekannt. Nach unseren ersten Turniererfolgen nahm der Andrang so stark zu, dass ich sogar Meldezettel auslegen musste.

Rosa sorgte stets für einen reibungslosen Ablauf. Als ältere Gymnasiastin genoss sie vollste Anerkennung und niemand wagte es, ihre Autorität in Frage zu stellen. Frechheiten und Regelverstöße wurden von ihr gnadenlos gesühnt. Sie griff sofort hart durch und es konnte auch schon mal passieren, dass jemand disqualifiziert wurde oder ein Strafgeld bezahlen musste. Strafgelder waren natürlich besonders attraktiv, sie erhöhten unseren Gewinn und ich wusste nach kurzer Zeit auch genau, welche Schüler besonders anfällig auf kleine verdeckte Provokationen reagierten und sich ganz schnell zu gemeinen Beschimpfungen hinreißen ließen.

Meine gelegentlich kleinen Gemeinheiten und die unerbittliche Strenge meiner Schwester wurden ohne viel Aufhebens hingenommen, im Gegenteil, irgendwie schien unser Führungsstil zu beeindrucken und immer mehr Kinder wollten an dem Wochenend-Event mit den besonderen Herausforderungen teilnehmen. Rosa und ich freuten uns über unsere ständig steigenden Einnahmen und bastelten eifrig daran, die Wettkämpfe jede Woche etwas anders und noch spannender zu gestalten, sodass es für die Teilnehmer auch ja nicht langweilig wurde.

Es verlief alles nach Plan, bis zu dem Tag, als plötzlich Tillmann von Allersfels vor mir stand. Ich war gerade dabei, den letzten Start vorzubereiten. Müde und etwas entnervt wies ich zwei Mädchen zurecht, die immer wieder über die sorgsam gezogene Startlinie stolperten. Und dann tauchte er wie aus dem Nichts auf. Tillmann von Allersfels, Nachbarsjunge, Besserwisser, Klugscheißer und Primus der dritten Grundschulklasse. In Insider-Kreisen auch als „Der Manager" bekannt. Jedem, ob man es nun hören wollte oder auch nicht, erzählte er, sein Vater sei

Manager und genau das würde auch er werden wollen.

„Ich bin Tillmann und ich möchte auch mitmachen."

„Ich weiß, dass du Tillmann bist", kam barsch von mir zurück. Schon allein der Name Tillmann war eine Strafe für meine Ohren. *Wie konnte ein Vorname nur auf mann enden, wenn es schon so viele Nachnamen gab, die darauf endeten. Soll er sich doch gleich Tillmann Lehmann oder auch Kackmann nennen,* dachte ich und sofort fielen mir weitere hässliche Kombinationen ein, die wie kleine verklebte Strudel rasend schnell durch meinen Kopf kreisten.

„Darf ich jetzt mitmachen?", unterbrach er durchdringend laut mein Kopfkino.

Breitbeinig baute ich mich vor dem kleinen Wichtigtuer auf, schaute auf seinen exakt gezogenen Seitenscheitel und freute mich ungemein, dass ich fast einen Kopf größer war als er.

„Darfst du nicht, außerdem stehst du nicht auf der Meldeliste", herrschte ich ihn mit meinem strengsten Blick an, den ich so oft schon vor dem Spiegel geprobt hatte, um mögliche Widerreden gleich von vornherein im Keim zu ersticken.

„Tillmann, vielleicht gibt es ja doch eine Möglichkeit", mischte sich plötzlich Rosa ein und kam von hinten auf uns zu.

„Dafür, dass du nicht auf der Meldeliste stehst,

müsstest du aber doppeltes Startgeld bezahlen und würdest bei einem Sieg natürlich auch Naschtüte und Urkunde bekommen." Das war typisch für meine gewitzte Schwester. Natürlich hatte sie sofort erkannt, dass Tillmann mächtig heiß auf eine Na-schi-Tüte war, er deshalb bestimmt einwilligen würde und wir ihm zusätzliches Geld abknüpfen könnten.

„Mit meinem Turbo-Roller werde ich sowieso ge-winnen", tönte er laut herum und grinste mich dabei herausfordernd an.

In dem Moment hasste ich diesen hochnäsigen Knirps, der auch noch obendrein einen eigenen Rol-ler besaß.

„Wenn du dir so sicher bist, könntest du ja vielleicht auch Sieger der Woche werden, du müsstest nur zu-sätzlich eine Extraaufgabe erfüllen", versuchte ich ihn mit zuckersüßer Stimme zu locken.

„Und die wäre", hakte er hochnäsig nach und streckte dabei seine kleine Stupsnase noch mehr in die Höhe.

„Auf der Rennstrecke gibst du ordentlich Tempo, das sollte ja für dich mit deinem Turbo-Flitzer kein Problem sein und ganz unten am Ende erwartet dich eine kleine Sprungschanze, über die du mit richtig Vollgas donnerst, um so mit deinem Roller über den schmalen nachfolgenden Graben zu fliegen, ähnlich wie ein Skispringer. Und wenn du das geschafft hast, wirst du zum Sieger der Woche ernannt."

Meine Schwester schaute mich mit skeptischem Blick an. Eigentlich war diese Aufgabe nur für Ältere mit Fahrrad gedacht. Aber Tillmann war sofort Feuer und Flamme. Aufgeregt haspelte er:
„Wird der Sieger der Woche auch in der Schule bekannt gegeben?"
„Ja klar, und Rosa könnte auch mit dem strengen Kleinmeier sprechen und ihm von deinen tollen Leistungen berichten. Dann wäre für dich auch in Sport eine gute Note drin."
„Ich mach das", kam es wie ein Geschoss aus Tillmann heraus.
„Super Entscheidung", bestätigte ich laut und fügte leise, nur für meine Schwester hörbar, noch Blödgesicht hinzu. Ich sah weiterhin Rosas skeptischen Blick und wusste, sie war kurz davor, alles abzubrechen, als Tillman blitzschnell demonstrierte, dass er tatsächlich wie ein Blödgesicht grinsen konnte. Mit einer riesigen Lücke zwischen seinen beiden Schneidezähnen, schief hochgezogenen Mundwinkeln und einem ziegenähnlichen Kichern überzeugte er Rosa gerade noch rechtzeitig, meinen Vorschlag mit der Extra-Aufgabe zu akzeptieren.

„Also los", übernahm sie das Kommando.

„Du, Claire, sorgst für die Bekanntgabe und du, Tillmann, bereitest dich am besten noch mit ein paar lockeren Atemübungen vor."

Tillmann nahm seine Aufgabe sehr ernst. Er stellte sich tatsächlich abseits und atmete konzentriert geräuschvoll ein und aus. Ich stellte mich auf einen kleinen alten Hocker und gab lauthals, ähnlich wie die Moderatoren bei der Ansage eines entscheidenden Boxkampfes, den Sonderstart von Tillmann von Allersfels bekannt. Besonders Interessierte durften das Ereignis zu einem Aufschlag von 50 Cent direkt unten am Graben hautnah erleben.

Es war so weit, eine Helferin hob von oben die Startfahne und Tillmann schoss los. Rosa und ich standen bei der Sprungschanze und verfolgten gespannt, wie er mit seinem kurzen rechten Bein den Roller rasend schnell antrieb. Rosa hatte völlig vergessen, die Stoppuhr laufen zu lassen, aber das spielte auch keine Rolle, Tillmann war ohnehin der Schnellste. Geschickt umfuhr er die Hindernisse und über kleine Unebenheiten schien er einfach nur zu schweben. Die Zuschauer fingen an zu schreien: „Zieh, Manager, zieh", während ich

„Flieg, Manager, flieg" schrie und nebenbei verächtlich schnaubte:

„Der hat vielleicht doch einen versteckten Turbo in

seinem Roller." Rosa beobachtete nur kopfschüttelnd Tillmanns Rennen und je schneller er wurde und je mehr alle schrien, desto stärker trat eine tiefe Sorgenfalte auf ihrer Stirn hervor.

Auf der letzten Geraden zur Sprungschanze legte Tillmann noch einmal alle Kraft ins rechte Bein, sein kleiner Oberkörper lag tief nach vorne gebeugt fast auf dem Lenker.

„Zum Glück trägt er seine praktische feste Lederhose", hörte ich Rosa noch flüstern und dann schoss er schon über die Schanze. Es schien, als ob er für Sekunden in der Luft hängen blieb. Plötzlich war der Roller ganz woanders und Tillmann flog wie eine ferngesteuerte Rakete Richtung Graben. Einen kurzen Moment noch dachten wir, er würde es über den Graben schaffen. Aber dann kam es doch anders. Mit dem Kopf zuerst raste er nur knapp an einem im Wasser liegenden Ast vorbei und landete anschließend mit dem Gesicht nach unten auf der anderen Seite der Böschung.

Rosa reagierte als Erste. Schnell rannte sie zu Tillmann und brachte ihn, wie sie es erst kürzlich im Erste-Hilfe- Kurs gelernt hatte, in die stabile Seitenlage. Ich blieb einfach nur erstarrt stehen und hatte Angst vor dem schrecklichen Bild, was mich vermutlich dort unten im Graben erwartete.

Minutenlang war es fast unheimlich ruhig, doch dann fing Tillmann so laut an zu brüllen, dass man schon befürchtete, er würde jeden Moment ersticken.

„Claire, komm endlich", hörte ich meine Schwester schreien. Vorsichtig schlich ich zum Graben und schaute nur ganz kurz auf Tillmann.

„Er hat keine Nase mehr", presste ich erschrocken hervor. Seine kleine blöde freche Stupsnase war einfach verschwunden. Zurück war nur ein blutendes Etwas geblieben.

„Seine Nase ist weg", schrie ich, „wir müssen seine Nase suchen", und krabbelte verzweifelt in den Graben, um mit einem kleinen Stock die Böschung nach Tillmanns Nase abzustochern.

„Hör auf damit, oder willst du jetzt das Blödgesicht sein", zischte mich Rosa an.

„Tillmann kommt ins Krankenhaus und dort wird ihm eben eine neue Nase raufgesetzt", versuchte sie mich und auch sich selbst zu beruhigen und leitete energisch die entscheidenden Schritte ein.

Das Ereignis verbreitete sich schnell wie ein Lauffeuer in unserem Ort. Am nächsten Tag standen auch schon Frau und Herr von Allersfels vor unserer Tür und führten ein längeres Gespräch mit unseren Eltern. Tillmann lag mit einer gebrochenen Nase und einer leichten Gehirnerschütterung im Krankenhaus.

Nach dem Auftritt von Tillmanns Eltern sahen Rosa

und ich schweigsam unserer unvermeidbaren Hinrichtung entgegen. Papa kehrte den entspannten Souveränen heraus, der er in Wirklichkeit aber nicht war. Das sah man an seinem hüpfenden Kehlkopf. Und Mama stand frierend an der Heizung und beschwerte sich über die Kälte, obwohl es schweißtreibend warm im Wohnzimmer war.

„Das ist ja schon fast kriminell", fing unser Vater mit eisiger Stimme an.

„Ihr veranstaltet unkontrollierte Rennen, zockt armen Schülern das Geld ab und jagt zu guter Letzt auch noch einen kleinen Jungen in den Graben. Und gerade du, Rosa, in deinem Alter und mit deiner Intelligenz, von dir hätte ich wirklich etwas anderes erwartet."

Ich dachte schon, ich käme ziemlich ungeschoren davon, aber dann drehte Papa erst richtig auf.

„Und nun zu dir, Claire, wie wir gehört haben, warst du doch die alleinige Anstifterin zu diesem gefährlichen Unsinn über den Graben. Damit du in Ruhe über dein eigennütziges unverantwortliches Handeln nachdenkst, gibt es für dich als Erstes eine Woche Stubenarrest. Und du, Rosa, kaufst von euren sogenannten Einnahmen ein schönes Geschenk für Tillmann und besuchst ihn im Krankenhaus."

„Aber das restliche Geld teilen Rosa und ich uns", platzte es aus mir heraus und das war der Augenblick, in dem Mama erstmalig das Wort ergriff.

„Ich dachte eigentlich, ihr spendet das restliche Geld kurz vor Weihnachten dem ortsansässigen wohltätigen Verein für hilfsbedürftige Menschen." Ich traute meinen Ohren nicht. Meine Mutter mit ihrer typischen besonnenen Stimme wollte uns doch tatsächlich auch noch den Rest abknüpfen.

„Nein", schrie ich.

„Das Geld haben wir uns verdient, es gehört uns. Und wenn Tillmann in den Graben rast, nur um Sieger der Woche zu werden, dann ist er eben ein richtiges Blödgesicht, dieser Blödmann."

Mein Vater verlor seine eiserne Ruhe und schrie nur noch:

„Verschwinde sofort in dein Zimmer", dabei zeigte sein langer Musiker-Zeigefinger Richtung Treppe, als ob ich meinen Verstand verloren hätte und nicht mehr den Weg wüsste.

Wütend und mit Tränen im Gesicht stampfte ich die Stufen hoch und selten fühlte ich mich meinem Roller so fern wie in diesem Augenblick.

Ein Löwe im Gitterbett mit Seitenscheitel und fehlender Nase. Das war das Bild, das mich in meinen Träumen verfolgte, seitdem meine Eltern mir ihren Beschluss mitgeteilt hatten, dass ich Tillmann, bis seine Bettruhe aufgehoben war, dreimal wöchentlich zu Hause besuchen sollte. Er war aus dem Krankenhaus entlassen und nun musste ich seine Unterhalterin spielen.

Frau von Allersfels, die vermutlich mit meiner Mutter gemeinsam hinter dem Plan steckte, empfing mich wider Erwarten sehr freundlich und bot mir sogar eine heiße Schokolade an.

Nun stand ich zögerlich vor Tillmanns halbgeöffneter Tür und war am Überlegen, wie ich den Löwen ohne Nase begrüßen sollte. Was ich schließlich zu sehen bekam, hatte nichts mit einem Löwen zu tun, selbst das zarteste Löwenbaby hätte dagegen noch brandgefährlich ausgesehen.

Ein kleiner blasser Junge, tief eingegraben in seinem Bett, schaute mich mit gequältem Ausdruck an. Sein Kopf verschwand fast völlig in einem dicken Federkissen. Mitten im Gesicht, dort, wo eigentlich eine Nase hingehörte, saß ein dicker fetter weißer Verband und rund herum leuchtete ein Regenbogen in einer besonders hässlichen Farbkombination von dunkelblau bis zu einem wässrigen Gelb.

„Tillmann, es tut mir leid", flüsterte ich und stand hilflos an seinem Bett.

„Du hattest es doch fast schon geschafft, nur ein klein wenig mehr Beinarbeit und ein bisschen mehr Schwung und du wärst mit Leichtigkeit über den Graben geflogen." Tillmann schaute mich schweigend mit großen Augen an.

„Vielleicht könnten wir dich noch nachträglich zum Sieger der Woche ernennen. Natürlich nicht für besondere Leistung, sondern für deinen besonderen Mut", redete ich weiter eindringlich auf ihn ein.

Meine Worte waren wahrscheinlich nicht besonders ermutigend, denn Tillmann fing, wie aus heiterem Himmel, unkontrolliert laut zu weinen an und ich war mir nicht sicher, ob vor Schmerzen oder aber über meinen misslungenen Versuch, ihn zu trösten.

Ängstlich schaute ich zur Tür.

Wenn jetzt Frau Allersfels reinkommt und Tillmanns verweintes Gesicht sieht, was denkt sie dann bloß von mir? Am liebsten hätte ich ihm den Mund zugehalten oder wäre durch das Fenster geflüchtet, bis mir endlich unsere Vertrauenslehrerin Frau Pargel einfiel, die jeden Kummer und jeden Konflikt damit löste, dass sie mit ernster Stimme erklärte, man müsse auch nach vorne schauen und das Schlechte hinter sich lassen können.

„Tillmann", begann ich vorsichtig und nahm seine eiskalte Hand.

„Du musst auch allmählich das Vergangene loslassen und nach vorne schauen." Nichts geschah.

„Immer der Nase lang Richtung Ziel", fügte ich aufmunternd mit fester Stimme hinzu. Erst als ich den Satz ausgesprochen hatte, wurde mir das Ausmaß meiner Worte klar, Tillmann hatte ja gar keine Nase mehr.

Dicke Tränen kullerten über seinen Verband, sodass ich riesige Angst bekam, der würde sich gleich auflösen. Sein Weinen wurde noch stärker und ich sah schon Frau von Allersfels ins Zimmer stürzen und mächtig mit mir schimpfen. Nervös griff ich wahllos nach einem seiner Bücher auf dem Nachtisch und hörte mich unangenehm laut eine detaillierte Anleitung zum erfolgreichen Angeln vorlesen. Doch je stimmgewaltiger ich versuchte, sein Weinen zu übertönen, desto schlimmer wurde es und sein heftiges Schluchzen ließ seinen kleinen Körper gefährlich stark vibrieren.

„Tillmann, kennst du schon die Geschichte vom kleinen Jungen, der nicht aufhören konnte zu weinen und weil aus jeder Träne eine Geschichte entstand, wurde er später der größte Geschichtenerzähler am Königshof", schrie ich mit zittriger Stimme und zerrte dabei an seinem Arm. Plötzlich war er ruhig, schüttelte den Kopf und damit er bloß nicht wieder anfing zu heulen, erzählte ich einfach drauflos.

Ich wunderte mich, welch merkwürdigen Dinge mir in meiner Verzweiflung einfielen und wie ich ohne Stocken immer weitererzählen konnte. In der Schule saß ich nach meinem Misserfolg mit den zehn Einsen beim Diktat- oder Aufsatzschreiben immer nur mit leerem Kopf vor leeren Heftseiten und bekam keinen vernünftigen fehlerlosen Satz zustande. Und jetzt purzelten die Gedanken, eingebettet in schönen Geschichten, nur so aus mir heraus. Tillmann saß nun ruhig in seinem Bett und ich saß ruhig auf seiner Bettkante, tätschelte mit einer Hand sein Stofftier und hörte nicht auf zu erzählen.

Am übernächsten Tag ging ich wieder zu Tillmann. Falls er wieder mit der Heulerei anfangen würde, hatte ich für alle Fälle ein Buch zum Vorlesen mitgebracht.

Er machte zum Glück schon einen viel besseren Eindruck, saß aufrecht in seinem Bett und schien bereits auf mich zu warten.
„Bitte, erzähl mir wieder eine eigene Geschichte", fing er sofort an zu betteln.
„Aber ich habe doch extra ein Buch zum Vorlesen mitgebracht."
„Nein, deine Geschichten sind viel spannender und die aus den Büchern kenne ich auch schon alle." Ich protestierte weiter, aber Tillmann grinste mich nur auffordernd an und wartete geduldig. Wissend, dass Tillmann hartnäckig bleiben würde, gab ich jeglichen Widerstand auf, setzte mich auf seine Bettkante und beschloss, erst einmal gar nichts zu sagen. Und während ich mir noch einredete, es täte ja auch gut, einfach nur ruhig dazusitzen, öffnete sich auf einmal wie von selbst eine Tür in meinem Kopf und

ich fing wieder mühelos an zu erzählen.

Zwerge, Feen und Zauberer führten uns in eine Welt voller Geheimnisse und Abenteuer. Die Zeit verging rasend schnell und am Abend waren wir beide enttäuscht, dass wir diese Phantasiewelt schon wieder verlassen mussten.

Nach der Schule konnte ich es kaum abwarten, wieder zu Tillmann zu gehen. Nur wenn ich bei ihm saß, öffnete sich in meinem Kopf diese besondere Tür zu den besonderen Geschichten. Zwischenzeitlich hatte Frau von Allersfels mir einen bequemen Sessel an Tillmanns Bett gestellt und sehr oft verwöhnte sie uns mit Kuchen oder kleinen Häppchen, manchmal gab es sogar ein Glas Cola dazu.

Einmal erzählte ich Tillmann die Geschichte von dem kleinen Mädchen, das sich unbedingt einen roten Roller wünschte, was der neidische, hässliche Zwerg Gnusus mit aller Macht verhinderte, nur weil er selbst mit seinen kurzen Beinen zu ungeschickt war und keinen Roller fahren konnte. Tillmann saß nach dieser Geschichte versunken in seinem Bett und starrte nachdenklich vor sich hin. Plötzlich fuhr er hoch.

„Das bist du, Claire, du hast dir immer diesen roten Roller aus Kranichs Fahrradladen gewünscht", und er schaute mich durchdringend an. Verschämt blickte ich nach unten und wischte mir schnell eine dicke Träne aus meinem Gesicht.

Einige Zeit später, Tillmann ging es schon sehr viel besser, wollte aber unbedingt weiterhin von mir besucht werden, kündigte er geheimnisvoll eine Überraschung zu unserem nächsten Treffen an.

Ich war neugierig und konnte es kaum abwarten, zu Tillmann zu kommen. Überraschenderweise war seine sonst halbgeöffnete Tür geschlossen.

„Du musst anklopfen und einen kleinen Moment warten", erklärte Frau von Allersfels.

„Tillmann, ich bin da, ich komme gleich rein." Vorsichtig öffnete ich die Tür und musste zunächst mehrfach blinzeln, bevor ich glauben konnte, was ich sah. Tillmann thronte kerzengerade in seinem Bett und grinste mich breit an. Sein Verband war verschwunden und anstelle dessen zierte eine perfekte neue Nase sein Gesicht. Keine Stupsnase mehr, sondern eine genau passende gerade Nase, nicht zu kurz, nicht zu lang und nicht zu dick. Aufgeregt umarmte ich ihn und beglückwünschte ihn zu seiner neuen Nase. Etwas verschämt wollte er wissen, ob ich es auch wirklich ernst meine. Und anschließend gestand er mir, dass man ihn wegen seiner Stupsnase immer mit Stupsi Himmelfahrt gehänselt habe und dass der Arzt ihm zur Belohnung wegen der vielen Schmerzen versprochen hatte, dem endgültig ein Ende zu setzen. Und weil seine Nase so gut gelungen war, wollte er heute zur Abwechslung mir eine Geschichte erzählen, also kuschelte ich mich in den Sessel und hörte gespannt zu.

„Es war einmal ein Mädchen und ihr größter Wunsch war ein roter Roller."

„Tillmann, hör auf damit", versuchte ich ihn zu unterbrechen, aber er ließ sich nicht beirren und erzählte weiter und weiter. Die Geschichte endete damit, dass dem Mädchen im Traum eine Fee ins Ohr flüsterte, sie müsse nur am Morgen eine Tür öffnen und dann würde sie eine Überraschung erleben.

Am Ende der Geschichte bestand Tillmann hartnäckig darauf, dass ich nun seine Zimmertür öffnen müsste. Ich fand das ziemlich albern, wollte aber keine Spielverderberin sein und öffnete widerwillig die Tür. Etwas Rotes blitzte mir entgegen und dann sah ich ihn dort stehen. Meinen roten Roller. Fast schien er mich anzulächeln und zu sagen, hier bin ich.

Tillmann hat einen neuen Roller bekommen und sich genau meinen roten Roller ausgesucht, durchzuckte es mich.

„Claire, jetzt hast du deinen Roller", hörte ich Tillmanns aufgeregte Stimme.

„Ich selbst möchte keinen Roller mehr, aber du hast dir immer einen gewünscht. Freunde müssen füreinander da sein. Und wir sind doch Freunde,

Claire?"
Vorsichtig ging ich um den Roller herum und beäugelte neugierig jedes Detail. Noch immer dachte ich zwischendurch an einen schlechten Scherz. Aber dann sah ich Herrn von Allersfels im Flur stehen und sein Nicken bestätigte mir, dass dort tatsächlich mein Roller stand. Und bevor ich mich mit meinem sehnlichsten Wunsch auf den Nachhauseweg machte, fügte er noch augenzwinkernd hinzu: „Pass auf, Claire, dass du ihn nicht über einen Graben fliegen lässt." Und ich grinste zurück, weil ich in dem Moment erkannte, woher Tillmann seine frühere Stupsnase hatte.

Mein roter Roller und ich wurden zum unzertrennlichen Team. Wenn ich rasend schnell mit wehendem rotem Haar zu meinen Freundinnen fuhr, kleine Ausflüge machte oder Einkäufe für meine Mutter erledigte, waren Enttäuschungen über misslungene Versuche und Sorgen um meine schlechten Schulnoten wie weggeblasen. Nie zuvor in meinem Leben hatte ich mich so glücklich und unabhängig gefühlt.
Und selbst Jahre später, als ich längst schon erwachsen war und woanders lebte, sprach man bei meinen Besuchen in unserem kleinen Ort immer noch von der Claire mit dem wehenden roten Haar auf ihrem roten Roller.

Bis auf das Knistern der Kerzen, war es sehr still geworden. Claire schaute in neugierige Gesichter und als ob alle nur darauf warteten, begann sie kurz darauf weiterzuerzählen.

„Für eine Weile waren wir alle zufrieden und ich hatte das Gefühl, in einer wirklich glücklichen Familie zu leben. Es gab keine Streitereien, keine unfairen Gemeinheiten und keiner fühlte sich benachteiligt und musste mit kleinen Gehässigkeiten dem anderen das Leben schwer machen.
Ich war mächtig stolz auf meinen roten Roller und zu meiner Überraschung gab es zu Weihnachten sogar noch einen Anorak im passenden Rot dazu. Meine Schwester Rosa konnte sich endlich über ein nagelneues Fahrrad freuen und ihre übellaunigen Phasen waren von dem Zeitpunkt an wie weggeblasen. Meine Mutter fieberte einem seit Jahren ersten bevorstehenden Urlaub in einem noblen Hotel direkt am Meer entgegen. Und mein Vater war stolz darauf, endlich wirtschaftlich abgesichert zu sein und seiner Familie auch etwas Luxus ermöglichen zu können.

Wenn es nach mir gegangen wäre, hätten wir ewig lang eine glückliche Familie sein können. Aber leider verdichteten sich die blassen Schäfchenwolken am blauen Himmel rasend schnell und als im neuen Jahr gleich zweimal hintereinander hässliche Dickbäuchige unübersehbar meine Deutscharbeiten zierten, türmten sich riesige Gewitterwolken auf und kündigten das nächste Drama an.

Es ging um meine Empfehlung für das Gymnasium, von der ich mittlerweile meilenweit entfernt war. Nach meinem Misserfolg mit der zehnten Eins rauschten meine Noten, wie bei einem Crash an der Aktienbörse, ins Bodenlose. Es war, als ob in meinem Kopf eine Sperre mit einem riesigen Vorhängeschloss das Geschehen beeinflusste. Vor allem das Fach Deutsch entwickelte sich immer mehr zum unsichtbaren Angstgegner und drohte in einer Katastrophe zu enden.

Nach jeder Arbeit kam von meinem Vater die lästige Frage:

„Und, hast du dieses Mal ein besseres Gefühl?" Ein kurzes Nicken verschaffte mir eine kleine Atempause, bis ich schließlich die Arbeit zurückbekam und kleinlaut zugeben musste, dass mich mein Gefühl schon wieder einmal getäuscht hatte.

Papa konnte in der Situation nur schwer sein Temperament zügeln und schwankte zwischen Geduld und heftigen Ausbrüchen, in denen er mich der Faulheit und Sturheit bezichtigte. In dem Zustand lief er rot an und schrie, wer neun Einsen hinterei-

nander schreiben kann, der wird doch nicht plötzlich völlig dumm sein und gar nichts mehr können.
Das war dann der Augenblick, in dem das familiäre Beisammensein bröckelte und jeder für sich Zuflucht suchte. Vater spielte, als ob er unbedingt die Scheiben zum Klirren bringen wollte, wie versessen auf seiner Geige. Mutter saß still am Esstisch und starrte aus dem Fenster, Rosa schlug die Tür zu und lief stampfend in ihr Zimmer und ich verkroch mich heulend in mein Bett und schwor mir, nie wieder aufzustehen.

Einige Tage später meinte meine Mutter, endlich die Lösung für mein größtes Problemfach gefunden zu haben. Zur Abwechslung saßen wir alle mal wieder friedlich beim Abendbrot, als Mama uns wie aus dem Nichts in einen emotionalen Schockzustand versetzte.
„Es ist doch offensichtlich", begann sie vorsichtig und schaute uns mit ernster wissender Miene an.
„Claire leidet unter Legasthenie, so etwas kann auch erblich sein. Du, Walter, verdrehst doch auch manchmal beim schnellen Schreiben die Buchstaben", und warf meinem Vater einen fast schon mitleidsvollen Blick zu.
Es war sehr still in dem Moment.
Papa verzog sein Gesicht, als ob er gerade eine bit-

tere Pille verschluckt hätte, legte sein Besteck langsam zur Seite und schüttelte nur noch ungläubig den Kopf.

„Was ist überhaupt Legasthenie", unterbrach ich abrupt die Stille.

„Das ist wie eine Erkrankung, bei der man einfach die Wörter falsch schreibt, auch wenn man sie richtig schreiben will", versuchte Mama mir kindgerecht zu erklären.

„Das ist wie eine Behinderung", fuhr Rosa heftig dazwischen.

„Und Claire ist nicht behindert und du, Mama, übertreibst mal wieder und hast sie vermutlich schon zum Testen angemeldet, damit es auch bloß offiziell ist und bei der Empfehlung zum Gymnasium berücksichtigt wird."

In der Tat passierten in meinem Kopf merkwürdige Dinge. Bildlich standen die Wörter genau korrekt geschrieben vor mir und wenn ich sie dann schreiben wollte, war mir, als ob die Buchstaben sich selbstständig machten und völlig verdreht auf dem Papier landeten.

Aber behindert sein wollte ich auf keinen Fall. Polternd stand ich von meinem Stuhl auf, stellte mich trotzig vor meine Mutter und erklärte mit fester Stimme:

„Ich bin nicht krank und ich habe auch keine Legasthenie oder wie das auch heißt."

Zwei Tage später war ich mit Rosa in der neuen italienischen Eisdiele am Marktplatz verabredet. Nie hätte ich mich allein dorthin gewagt. Es war der Treffpunkt älterer Jugendlicher. Hier traf man sich nach der Schule zum Abhängen, Quatschen und Flirten.
Ziemlich übermüdet saß ich meiner Schwester gegenüber. Furchtbare Träume verfolgten mich, in denen ich selbst zum Buchstaben wurde und immer wieder versuchte, den neuesten Legasthenie-Discodance zu tanzen und mich alle auslachten, weil ich ständig über meine eigenen Füße fiel.
Rosa schaute mich eine Weile nervös an und legte schließlich los:
„Die erste gute Nachricht, du bekommst einen Eisbecher deiner Wahl spendiert."
„Cool, und es gibt noch eine zweite gute Nachricht?"
„Ja klar, du bist keine Legasthenikerin."
„Woher willst du das wissen, Mama ist da völlig anderer Meinung."
„Das hat leider etwas mit der schlechten Nachricht zu tun", erwiderte Rosa vorsichtig und schob mir zögerlich mein altes Diktatheft, das ich dazumal

wütend in irgendeine Ecke geworfen hatte, und einen zerknitterten Übungszettel zu.

„Du hättest die zehnte Eins auch geschafft, wäre ich nicht so unfair gewesen und hätte dir nicht drei Wörter als Fehler korrigiert, die du in Wirklichkeit richtig geschrieben hattest." Mein Hals wurde trocken, das Eis schmeckte nicht mehr. Ich starrte ungläubig auf meinen alten Übungszettel. Meine zwei tatsächlichen Fehler hatte Rosa schlauerweise richtig korrigiert, dafür aber drei richtig geschriebene Wörter falsch korrigiert und genau die drei Fehler tauchten in meinem so wichtigen zehnten Diktat auf und bildeten den Auftakt unzähliger Enttäuschungen, Misserfolge und einer endlosen Talfahrt meiner Schulnoten.

Ein dicker Kloß schnürte meine Kehle zusammen und eine rasende Wut tobte wie eine geplatzte Bombe durch meinen Körper.

„Wie kann man nur so fies sein", schoss es aus mir heraus und dicke Tränen kullerten unaufhaltsam über mein Gesicht. Rosa reichte mir ein Taschentuch und zupfte ungeschickt an meinem Arm.

„Bitte Claire, es tut mir so sehr leid, ich war damals so neidisch, dass ich noch kein neues Fahrrad bekommen hatte. Am Anfang war ich mir sicher, du würdest es niemals schaffen, aber mit jeder neuen Eins zeigtest du mehr Selbstbewusstsein und am Ende, als du dich unschlagbar fühltest und ich auch noch mit dir üben sollte, war ich nur noch wütend und gönnte dir in dem Moment einfach nicht den Erfolg. Bitte glaub mir, über die Folgen war ich mir nicht im Klaren und nie hätte ich geahnt, dass mit deiner Enttäuschung über die Fehler im letzten Diktat nur noch verdrehte Wörter in deinem Kopf herumwirbeln würden."

Mir war, als ob ich in einem rasenden Karussell festgeschnallt war. Im Zeitraffer sah ich noch einmal meine kleinen und großen Kämpfe, ich sah aber auch die Zeit mit Tillmann, wie sich die Tür zu meiner Phantasiewelt geöffnet hatte und wir beide darin eintauchten und gute Freunde wurden. Und ich sah meinen roten Roller, wie er plötzlich vor mir stand und auch jetzt in diesem Augenblick auf mich vor der Eisdiele wartete.

„Claire, du bist keine Legasthenikerin. Und jetzt, wo du weißt, dass du alles richtig geschrieben hattest, bin ich mir sicher, wird sich auch in deinem Kopf etwas ändern und sehr bald wirst du wieder vernünftig schreiben können. Ich gebe dir mein Wort, wir üben gemeinsam und Mama werde ich überzeugen, dass sie dir noch Zeit geben soll."

„Claire bitte, wir sind doch ein Team, wir kriegen das hin!"

In den folgenden Minuten kämpfte ich mit mir selbst. Ich hatte das Gefühl, das erste Mal in meinem

Leben, mit nur zehn Jahren, vor einer wichtigen erwachsenen Entscheidung zu stehen. Ich spürte, alles, was Rosa mir sagte, war von ihr ehrlich gemeint. Auch ahnte ich, mein Kopf würde sich wieder normalisieren und ich könnte eine gute Schülerin auf dem Gymnasium werden. Reglos starrte ich vor mich hin. In meinem Bauch schob sich ein riesiges Knäuel brennender Gedanken und Gefühle von einer Seite zur anderen. Sollte ich Rosa nun verzeihen, ihr vertrauen und mit ihr ein starkes Team bilden. Oder sollte ich meiner brodelnden Wut und Enttäuschung nachgeben, sie bei den Eltern anschwärzen und mit ihr den ewigen Kampf um Vorteile, Gerechtigkeit und Anerkennung führen.

Die Eiskugeln und die Sahne in meinem Eisbecher waren fast schon zu einer einzigen Masse verschmolzen. Nur zwei Kugeln meines Lieblingseises schielten mich unbeschadet an. Und plötzlich war die Trockenheit in meinem Hals verschwunden. Ich fing an, bedächtig mein Eis zu löffeln und hörte dabei meine Stimme wie von selbst sprechen.

„Rosa, wir sind ein Team, wir kriegen das hin." Und in dem Moment war es unser verschmitztes Grinsen und unser ganz besonderes Augenzwinkern, das bis heute unser Begrüßungsritual geblieben ist und uns zusammenhält."

Es war sehr spät geworden. Die vier Frauen saßen

immer noch hellwach am Esstisch. Sie tranken langsam ihren Kaffee und warteten geduldig.

„Ich weiß", begann Marie mit ihrer ruhigen Stimme. „Der Kreis sollte geschlossen werden und dazu fehlt noch meine Geschichte. Nur in Wirklichkeit gibt es keine Geschichte, sondern lediglich einen Traum, an den ich mich noch so genau erinnere, als ob ich ihn gerade eben erst geträumt hätte."

Maries Traum

Ich wusste nicht, wie oft ich schon versucht hatte, Mütze und Handschuhe aus meiner Jackentasche zu ziehen und immer wieder daran scheiterte, weil diese plötzlich zugenäht war und meine klammen Finger nur an harten Nähten hängen blieben.
Ich hatte auch keine Idee, wie lange ich schon auf das schäumende Meer blickte. Nur eine nasse Kälte, die fortwährend an meinen Beinen emporkroch und mich in immer kürzeren Abständen erschauern ließ, verriet mir, dass ich schon eine ganze Weile an diesem grauen, steinigen Strand verharrte.
Auch die aufdringliche Stimme, die mich mehrfach aufforderte: „Komm, beweg dich, dann wird dir wieder warm", erzielte keine Wirkung.
Jedes Mal, wenn ich meine innere kleingewordene Flamme mit frischen Holzscheiten zu einem wärmenden Feuer entfachen wollte, tauchten lähmende Gedanken auf und umhüllten mich wie ein engmaschiges Kettennetz.

Dabei war doch alles rechtzeitig geschafft, versuchte ich mich zwischendurch zu beruhigen und ließ noch einmal die vergangenen Tage Revue passieren.
Die letzten Anträge im Job bearbeitet, endlose Einkaufslisten erledigt, das Haus weihnachtlich

dekoriert, den gleichmäßig gewachsenen Tannenbaum geschmückt und frisch duftend an seinem gewohnten Platz aufgestellt, die Geschenke, nach Namen geordnet, alle hübsch verpackt unter dem Baum verteilt.

„Geh endlich nach Hause", tauchte wieder die energische Stimme auf, trotzdem blieb ich weiterhin stehen, schaute unentwegt auf das grauweiße Meer und hing meinen Gedanken nach.

Schon wieder war ein Jahr vergangen. Ein Jahr wie schon so viele andere zuvor, fast ähnlich dem Kommen und Gehen der Wellen, mal stürmisch, mal ruhig und zeitweise sogar glatt und bewegungslos, aber immer dem gleichmäßigen Rhythmus der Gezeiten folgend.

Und jetzt steht schon wieder Weihnachten vor der Tür. Ist es nicht seit jeher das Fest der Wärme und Liebe gewesen? Doch was ist mit mir? Ich stehe hier draußen und mein Herz fühlt sich wie ein tiefgefrorener Eisblock an.

Ich wollte nicht länger an diesem kalten, grauen Strand stehen, wollte endlich das enge Kettennetz ablegen und zurück in die Wärme.

Mühselig versuchte ich, einen Schritt vor den anderen zu setzen. Meine Beine fühlten sich wie starre, unbewegliche Stelzen an. *Nur nicht stolpern*, dachte ich und schaute konzentriert nach unten. Und plötzlich fiel mir etwas Leuchtendes auf. Nicht weit entfernt entdeckte ich einen gläsernen, fast durchsichtigen Stein mit kleinen Ecken und Kanten halb versteckt im Sand liegen. Während ich noch überlegte, ob ich mich auch wirklich bücken sollte, sah ich mit einem Mal, wie die Farben des Steins blitzschnell von einem Ton zum nächsten wechselten.

Neugierig hob ich ihn auf und wusste sofort, ich hatte etwas Besonderes gefunden.

Augenblicklich waren die quälenden Gedanken aus meinem Kopf verschwunden, ich schaute nur noch gebannt dem Farbenspiel zu und starrte ungläubig auf eine Gestalt, die sich plötzlich aus der Farbenvielfalt herausformte und allmählich deutlicher wurde.

Es war ein kleines Kind, das tief versunken auf einer Fußbank saß und sich immer wieder neue Geschichten erzählte. Auffällig waren seine strahlenden Augen. Wie Magnete zogen sie mich an und ließen mich nicht mehr los. Und mit einem Mal war mir, als ob mich, erst wenig, dann immer stärker, der Sog einer mächtigen Welle aus Wärme und Mitgefühl erfasste und weit davontrug.

Ich fand mich auf einem kleinen Hocker sitzend mitten auf einem weihnachtlich geschmückten Marktplatz wieder und wunderte mich, dass ich gar nicht mehr fror.

Ein dick gefütterter langer Wintermantel, eine

Wollmütze und warme Winterstiefel schützten mich vor der winterlichen Kälte und den feinen, leise herabfallenden Schneeflocken.

Auf meinen Knien lag ein großes goldbraunes Buch mit leeren Seiten.

Was mache ich hier nur, überlegte ich.

Die Menschen um mich herum hasteten mit vollen Einkaufstüten über den mit Lichterketten und Weihnachtsbäumen geschmückten Platz. Dabei telefonierten einige laut mit ihren Handys, andere waren mit Kopfhörern zugestöpselt, ein paar junge Leute machten selbst Musik und tanzten dazu und sehr viele drängten sich an Glühwein- und Essständen und versuchten ungeduldig ihre Bestellung aufzugeben.

Ich hatte sehr viel Zeit und schaute mir alles genau an, die Menschen, die Tiere, die Dekoration und all die vielen anderen Dinge, die es noch auf dem Platz gab. Und unerwartet, als ob sich mit einem Mal ein lang verschlossener Flaschenhals knarrend öffnete, fing meine Stimme an, wie von selbst zu erzählen. Zunächst leise und zögerlich, doch je mehr ich selbst zu einem Teil meiner Geschichten wurde, desto klarer, lauter und melodischer erklang sie.

Ein Hund tauchte vor mir auf, schaute mich an und legte sich, den Kopf ruhend auf seinen Pfoten, vorsichtig an meine Seite.

Ein kleiner Junge blieb stehen und so sehr seine Mutter auch an ihm zerrte, er ließ sich nicht zum Weitergehen bewegen. Mit offenem Mund blickte er auf mich und hörte mir zu.

Immer mehr Menschen blieben stehen und lauschten meinen wundersamen Geschichten, nicht nur über Menschen und Tiere, sondern auch über all die Dinge, die gerade sichtbar waren. So gab es den Cappuccino, der sich beim Kellner Fred über einen anderen Cappuccino beschwerte, weil dieser in einer schöneren Tasse serviert wurde. Oder den Weihnachtsbaum, der sich über die ständig leuchtenden Kerzen beklagte, die ihn in der Nacht nicht schlafen ließen und der damit drohte, einfach seine Zweige hängen zu lassen, sollte sich nicht schnellstens etwas ändern.

Mittlerweile standen die Menschen dicht gedrängt um mich herum und hörten einfach nur zu. Leise war es auf dem Platz geworden, genauso leise, wie der Schnee in dichten Flocken vom Himmel fiel und den gesamten Marktplatz mit einem weißen Teppich bedeckte.

Nur meine klare Stimme, die Geschichte um Geschichte erzählte, war noch zu hören. Und verwundert nahm ich wahr, dass mit jeder neuen Geschichte sich, wie von Zauberhand geführt, die einzelnen leeren Seiten des Buches füllten.

Gleichzeitig fühlte ich, wie meine Augen immer mehr strahlten und eine wohlige Wärme sich unaufhaltsam in mir ausbreitete, die den Eisblock in meinem Herzen endgültig zum Schmelzen brachte.

Irgendwann war auch die letzte leere Seite mit einer Geschichte gefüllt. Für mich ein Zeichen, nach Hause zu gehen. Ich schloss das Buch, stand auf, bedankte mich für das Zuhören und wünschte allen ein schönes Weihnachtsfest. Als ob die Menschen soeben aus einem Traum erwacht wären, schauten sie sich plötzlich verwundert an. Dicht gedrängt standen sie zusammen und bemerkten, dass die feinen Schneeflocken wie eine dicke weiße Puderschicht auf ihnen lag. Verlegen lächelten sie einander zu und halfen sich gegenseitig, den dichten Schnee abzuklopfen.
Und auf einmal wünschte ein junger Mann Frohe Weihnachten, andere Stimmen folgten ihm, zunächst zaghaft, dann immer mutiger und in Kürze hörte man viele verschiedene Stimmen, laute, klare, leise, raue, schnarrende, und sie alle wünschten sich wie selbstverständlich ein schönes Weihnachtsfest.

Ich wollte gerade gehen, in dem Moment sprach eine junge Mutter mich an und fragte, ob das Buch mit den Geschichten in einer Buchhandlung erhältlich sei.

„Nein, das Buch gibt es nicht."

„Das ist ja zu schade. Vielleicht könnte ich es Ihnen ja abkaufen?"

Verneinend schüttelte ich den Kopf und nach einer kleinen Pause fügte ich leise, mehr zu mir sprechend, hinzu:

„Das Buch gehört zu mir und ist unverkäuflich. Es wird jedes Jahr als besondere Gabe unter meinem Weihnachtsbaum liegen und mich stets daran erinnern, dass ich mich zufrieden und glücklich fühle, wenn ich einfach nur Marie, die Geschichtenerzählerin bin."

Marie blieb ruhig auf ihrem Stuhl sitzen. Erst nach einer kurzen Weile schaute sie auf und sah sich erstaunt um. Wo waren Claire, Charlotte, Janna und Dorothee geblieben? Sie konnte sie nirgendwo entdecken, aber dafür saß wieder der merkwürdige Engel auf der Stirnseite und schaute sie eindringlich an.

Allerdings sah er mit seinem wuscheligen weißgrauen Haar und seinem hautengen goldglänzenden Einteiler jetzt völlig anders aus und glich eher einer Figur aus einem Fantasiefilm.

Erschrocken und gleichzeitig auch erstaunt beugte Marie sich langsam nach vorne und verwundert nahm sie dabei wahr, dass mit jeder kleinen Bewegung auch das Aussehen des Engels sich veränderte.

Irgendetwas war anders geworden. So sehr Marie auch angestrengt in den Raum starrte, sie konnte keine klaren Konturen mehr erkennen. Alles schien sich sekundenschnell aufzulösen und Marie selbst fühlte sich wie in einem schwerelosen Zustand. Als ob etwas Starkes sie plötzlich wegziehen wollte, umklammerte sie erschrocken die Armlehnen und hielt sich mit aller Kraft daran fest. Hilfesuchend schaute sie zum Engel und folgte seinem Blick nach oben zur Decke. Wie ein riesiger weißer Bühnenvorhang öffnete sich diese und ließ bizarre Farben und Muster erkennen, die blitzartig ineinander verschmolzen, um dann genauso schnell wieder einzigartig neu zu entstehen. Raum und Zeit schienen sich in dem Moment aufgelöst zu haben.

Marie fürchtete sich und ihre Handknöchel waren vom angestrengten Festhalten bereits weiß angelaufen.

Nur nicht loslassen, hämmerte es in ihrem Kopf, und dabei bemerkte sie entsetzt, wie mit wachsendem Widerstand der äußere Druck immer stärker wurde. Arme und Beine fingen an zu zittern und sie spürte ihre Kraft immer weiter schwinden.

Egal, was passiert, ich lass jetzt einfach los, entschied sie resigniert, lockerte ihre Hände, lehnte sich erschöpft zurück und schloss langsam ihre Augen.

Marie wusste nicht, wie lange sie schon auf ihrem Stuhl saß. Das Hämmern in ihrem Kopf hatte aufgehört. Erleichtert stellte sie fest, dass auch der starke Wirbel nachgelassen hatte und nur noch eine seichte warme Bewegung ihren Körper wie kleine Wellen umhüllte.

Sie fühlte ihre warme, weiche Haut, ihre Hände locker auf den Oberschenkeln liegend und ihren Kopf entspannt an der Rückenlehne ruhend.

Es roch nach Ente und Rotkohl. Erstaunt öffnete Marie vorsichtig die Augen. Es war genauso, wie es sein sollte. Überall brannten Kerzen, leise Musik spielte im Hintergrund und das Feuer im Kamin verbreitete eine wohlige Wärme. Alles war vorbereitet. Die

Ente knusprig braun, die Vorspeise angerichtet, der Champagner zur Begrüßung kaltgestellt.

Marie schaute zur Uhr. *Meine Freundinnen müssten jeden Augenblick kommen,* stellte sie fest.

Nur noch einen schnellen Blick auf den festlich gedeckten Tisch werfen, sich einen letzten Gesamteindruck verschaffen. Und dann entdeckte Marie etwas, was dort eigentlich gar nicht hingehörte. An der Stirnseite gegenüber standen zwei einzelne leergetrunkene Likörgläser und direkt vor sich sah sie ein großes aufgeschlagenes Buch liegen.

Neugierig blätterte sie von einer Seite zur nächsten, sie waren unbeschrieben, aber dafür erkannte Marie vertraute Bilder, zu denen nur noch die passenden Geschichten fehlten.

Die Puppe mit den schwarzen Zöpfen, Jannas Weihnachtsüberraschung. Die Kette mit dem kleinen Anhänger, Dorothees gute Tat. Der pausbäckige Engel, Charlottes starkes Ich. Der rote Roller mit den Ballonreifen, Claires sehnlichster Wunsch.

Und während sie schon die durcheinanderredenden Stimmen und das laute Lachen ihrer Freundinnen im Treppenhaus hörte, blätterte sie schnell noch zur letzten Seite und sah ihren Traum, das goldbraune Buch, auf dem mit großen Lettern geschrieben stand:

„Marie, die Geschichtenerzählerin".

Zeitfracht Medien GmbH
Ferdinand-Jühlke-Straße 7
99095 Erfurt, Deutschland
produktsicherheit@kolibri360.de